2DB
二次元ドリーム文庫
小説 伊吹泰郎
挿絵 九童まいむ
原作 男爵
Escape from Fortress Lugohm
ルゴーム砦《とりで》の脱出
盗賊少女と欲望の城砦

登場人物紹介

アイシャ

ルゴーム砦に投獄された盗賊《シーフ》の少女。前向きな性格と盗賊スキルを駆使して砦脱出を目指す。

ムギ

ルゴーム砦で奉仕する美しくも謎多きメイド。豊満な身体と美貌をもつ。

セレス

冒険者ギルドから派遣された監査官代理。ルゴーム伯爵の悪行を暴こうとするが……。

プロローグ

シトシトと生温い雨が降る夜道を、街道馬車はゆっくり進んでいる。

速度を上げすぎると、ぬかるみに車輪を取られかねないのだろう。だが、唯一の乗客であるアイシャは、ひどく焦れったかった。

(できれば日が沈む前に、この辺りを抜けたかったんですけどねー)

肌へ絡みつく不快な湿り気を、使い慣れた野営用の毛布で防ぎつつ、こっそり溜息を吐く。

アイシャは冒険者ギルドに属する盗賊《シーフ》の少女だ。

まだ経験は浅いが、咄嗟《とっさ》の機転と思い切りの良さが、ギルド内でもそれなりに評価されている。

加えて一時期、魔術師を目指していたことがあり、中堅どころの冒険者以上に、持っている知識が幅広い。

残念ながら、他の面で才能が欠けていたため、魔術師の道は諦めた。

それでもシーフとしてなら、最近は簡単な依頼を、単独で任せてもらえるようになってきた。

プロローグ

今回も魔術絡みの知識が役立ちそうな内容だったため、ギルドの幹部から名指しで選ばれたのだ。

ただ、仕事自体は無事に済ませたものの、帰路へ就くのが思いのほか、遅くなった。

(どうかトラブルなしで、この街道を通過できますように……なむなむ)

心の中で、宗派構わず様々な神に祈る。

何しろ、ここ一帯を治める領主ときたら、悪名高い――、
ガタンッ！

「わわっ⁉」

急に馬車が止まり、アイシャは横倒しになりかけた。それは持ち前の反射神経で堪えたものの、嫌な汗が浮いてくる。

(まさか、これは、もしかして……っ)

木製の窓から外を窺えば、馬車の前に数名の兵士が立ちふさがっていた。

(マジですか⁉　か、勘弁してくださいよぉっ)

この辺りを巡回する兵士なんて、領主であるアナグシー・ルゴーム伯爵の配下以外に考えられない。

そして伯爵の評判は、国の歴史に残りそうなレベルで酷い。

曰く、周囲の村から税と称して金品も若者も根こそぎ奪っていく。

曰く、連れていかれた者は、男も女もさんざん嬲《なぶ》られ、死んだら魔法でゾンビにされる。

それがどこまで事実かは不明だが、近隣諸国が集まって作られる国家連合内でも、彼を問題視しているとの情報なら、冒険者ギルドへも伝わっていた。

ただ、ルゴーム自身が強大な魔術師で、高い地位まで備えているため、介入が難しいらしい。

それこそ、邪教と通じているという噂の証拠でも見つからない限り、誰も手出しをできないだろう。

(やっ！　今はそれより、あたし自身が大ピンチっ！)

若い娘とバレたら、肉奴隷ルート一直線すらありえそうだ。

特にアイシャは、自覚している以上に可憐な容姿をしていた。

端が僅《わず》かに垂れた瞳はパッチリ大きく、かつ透明感のある琥珀色へ、聡明さが表れる。

肌には瑞々しい張りがある一方、顎《あご》のラインはすっきり細い。

小さめの唇は、日頃から荒事へ身を置いているのに、清楚な雰囲気が際立った。

背中まである栗色の長い髪も、サラサラと滑らかな光沢があり、彼女はそれを青いリボンでポニーテールに纏《まと》めている。

(早く……！　急いで何とかしないと！)

しかしここで逃げても、あっさり捕まるに違いない。

それよりは無害かつ地味な人間を装った方が良い。

短時間で判断したアイシャは、荷物袋から化粧道具を取り出した。

これは娘のたしなみではなく、シーフの必需品として持っている物だ。中身もかなり特殊で、まずは泥っぽい塗料で、頬を汚す。

さらに髪も、リボンを解いて、特殊な整髪剤でボサボサに変えた。

だが、顔をごまかすだけでは不十分だろう。

アイシャは小柄ながらも、四肢がスラリと伸びやかで、躍動感に溢《あふ》れている。

バストだってかなり大きく、動きやすいようにとバンド状の下着で押さえて尚、白いシャツがたわわに盛り上がってしまう。

それらを隠すため、毛布を衣装のように身体へ巻き付け、ついでに口元も覆った。

急ごしらえではこれが精いっぱいだ。

(騙《だま》しきれるかどうかは……ぅぅ、微妙かなぁ……)

後は、演技力と夜の闇を活用するしかない。

腹を括《くく》ったところで、兵士が馬車の中を覗き込んできた。

「なんだ、お前は」

「あ、え、えと、俺は……」

シーフの技で男の声を作り、わざとどもってみせる。

「ふん……っ。お前はそこでおとなしくしてろ」

兵士はつまらなそうに顔を引っ込めた。

（お。もしかして、あたしやりました……？）

心の中で万歳をするアイシャ。

だが、安心するのは早かった。

一通りチェックをした後、兵達のリーダーらしき男が、傲然《ごうぜん》と言い放ったのだ。

「こんな夜中に馬車を走らせているとはどうも怪しい。砦でじっくり調べてやる！」

（うげっ⁉）

『砦』といえば、この場合、一つしかない。

伯爵が居城代わりにしている建物で、通称はそのままルゴーム砦。

連行されたら生きて出られないといわれる、悪名の大元だった。

御者も恐れおののいている。

「お、お許しを！　これはただの街道馬車でっ……通行証だって、この通り、ちゃんとあって……」

そのすがるような声を、兵は冷たく突き放した。

「うるさい、連れていけ！」

「はっ、ツヴァイ隊長っ！」

多分、彼らは雨の中の夜回りが不満で、弱い者相手に憂さを晴らしたかっただけなのだろう。

ともあれ、操る者が御者から兵へと変わった馬車は、アイシャも乗せたまま、夜道を再び走り出した。

第一章　行動開始

　砦へ着くなり、アイシャは地下牢へ放り込まれた。

「後で徹底的に調べてやる！」

「せいぜいいい声で鳴いてくれよ！」

　二人組の兵士が去り際に吐いていったセリフには、嗜虐《しぎゃく》的な喜びが満ちている。端から拷問前提の口ぶりだった。

　そんな彼らが遠ざかるのを待って、アイシャは本来のあどけない少女の声で呟く。

「……ドジっちゃったなぁ」

　御者がどうなったかは不明だ。

　別の牢に入れられたのだろうが、アイシャの力量では、そちらを気にかけている余裕まではもてない。

「……申し訳ないけど、今は自分を最優先にするしかないですね。変装のおかげで、無事に投獄だけで済んだことですし……って、いやいやいや。『無事』って何ですか」

　わざわざ自分に突っ込みを入れるのは、不安を抑えるためでもある。

　大半の荷物を入れておいた大袋は奪われてしまったが、武器のナイフはベルトのバックルへ隠しておいたために手元へ残っている。鍵開けや細工のためのシーヴスツール、それに一回分の携帯食料も、どうにか確保できた。

ここで待っていたら、状況は悪化するだけだ。自力で脱出するしかない。

「うん。何事も前向きに考えましょうっ」

アイシャは己を奮い立たせ、まず髪と顔の不快な汚れを、衣装代わりにしていた毛布で拭き取った。

仕上げにブルーリボンで髪をポニーテールに結び直す。

「これでよしっ」

ついでに腹ごしらえもしておく。

牢の中は何かの腐ったような悪臭が漂い、正直、食事に適した場所ではない。

しかし、隠密行動中に腹が鳴ったら悲惨だ。

(この際、贅沢は言ってられません……ってことで！)

出来るだけ周囲の臭いを嗅がないようにしつつ、アイシャは携帯食料の包みを開けた。

中身はビスケット、豆、干し肉と、味より日持ちの良さを重視した品々だが、こんな場面ではありがたい。

食べ終えると、やはり空腹時とは、気の持ちようが変わった。

アイシャは腹ごなしに柔軟運動までしてから、牢の鉄格子に掛かる錠前を調べ始める。

(あ、ラッキーだ。思ってたより、ずっと簡単な鍵ですよっ)

アイシャの腕前なら、ヘアピンでどうにかなりそうなほど安っぽい。まして、シーヴスツールがあれば楽勝だ。

近くに兵の気配がないことを確認し、彼女は手際よく鍵を外す。

「さぁてと……」

音を立てないように鉄格子を開けて――自由を取り戻すための第一歩を踏み出した。

石造りの通路は、ランプが所々に掛けられているものの、陰気に薄暗かった。

しかもろくに掃除されていないため、灯火の煤《すす》だけでなく、血や脂がところどころこびりついている。

牢の数がやけに多いのも気になった。今はたまたま使われていないだけで、きっと頻繁に囚人が入れ替わるのだろう。

ついでに想像するなら、ここから連れ出された者は、おそらく釈放なんてされていない。

(見れば見るほど、最低な場所だなぁ)

顔をしかめつつ、アイシャは慎重に進んだ。――と、その歩みを途中で止める。

前方の曲がり角から、明かりの近づいてくるのが見えたのだ。さらにコツコツと反響する足音も。

（……来たのは一人だけ……ですね）

耳を澄ますまでもなく、アイシャにはそれが分かった。

しかし、身を隠せそうな遮蔽物はない。牢の錠前も全て閉まっているから、今すぐ中に入ってやり過ごすのは無理だ。

（とすれば……）

仲間を呼ばれる前に仕留めるしかなかった。

戦士と比べれば非力なシーフにだって、戦いようはある。ただ、正攻法とは程遠く、初撃を外したら一気にピンチの際どいやり方だ。

アイシャは速まる動悸に耐えながら、気配を殺し、曲がり角の手前まで行った。そこで柔和な瞳を鋭く細め、兵士が来るのを待つ。

（今だ……！）

タイミングを見計らって、斜めにジャンプしたら、さらに壁を蹴り、三角飛びの要領で天井まで上がった。

後は真っすぐ伸ばした手足を、壁と壁の間で突っ張らせ、下に落ちるのを防ぐ。

当然、タンッタンッと二度も大きな音を立ててしまうが、それだって計算の内だ。

「誰かいるのか⁉」

駆け込んできた兵士は、まず音の源である壁を見る。その隙にアイシャは背後へ着地し、

「っ⁉」

振り返った彼の鳩尾《みぞおち》へ、肘を叩き込んだ。

「が……はっ⁉」

相手が身体をくの字に折ったところで、自分は脚のバネを利かせて、跳《は》ねるように立ち上がる。無防備な首筋へ、ナイフの柄を打ち下ろした。

ドサリ。

大柄な身体がうつぶせに倒れて、気絶した兵士の一丁上がりだ。

アイシャは彼を縛り、猿轡《さるぐつわ》まで噛ませた。さらに錠前の一つを外して、牢へ閉じ込める。

(これでよし、と)

少なくとも、しばらく騒ぎにはならないだろう。仮にこの兵士が発見されても、最初の捜索対象は『さっき連行してきたボロマント姿の男』になるはずだ。

兵の来た方へ進むと、上へ通じる階段があった。

階段を上った先の一階は、地下牢と同じく石造りながら、陰惨さより、無骨さが目立った。

その片側の壁に、等間隔で窓が並ぶ。

窓は全て鉄格子がはめ込まれ、潜り抜けることはできないものの、外の確認ぐらいならできる。

すでに雨は止み、夜が明けかけていた。だから通路内も、ろくに手入れのされていない中庭も、灰色がかった薄曇りの色で照らされている。

(でも、すんなりと脱出まではさせてくれないだろうなー)

何しろ、堅牢さで有名な砦だ。

普通に門まで辿り着いても、正面突破は無理だろう。

それなら、大抵の居城に一つは造られていそうな、秘密の脱出路を探す方が、まだ望みを持てる。

(……気がするなぁ、うん)

周囲の明るさで、兵に発見されるリスクは高まったが、自分だって必要な手がかりを探しやすくなった。

(前向き、前向きにー……ポジティブが一番っ!)

アイシャは再び、忍び足で歩き出した。

採るべき手順はシンプルだ。

ドアがあったら、耳を当てて、気配を確かめる。安全と思えたら、中に入って、目ぼしいものを漁る。

しかし、まだ何を見つければ良いかすら分からない。

一つ目の部屋では、全く情報を得られなかった。

二つ目の部屋も収穫ゼロだ。

三つ目の部屋は——人の話し声がする。

(っ……!)

咄嗟に離れたくなるが、寸前で踏みとどまった。

どうやらここは兵達の休憩所らしく、伝わってくるのはリラックスした雰囲気だ。

(踏み込むわけにはいかないけど……でも、下手に物音を立てなければ、発見されずに済みそう……)

むしろ、油断しきった兵士の口から、有益な話が出るかもしれない。

一つの場所に留まるのは危険だが、アイシャは少しだけ耳を澄ませることにした。

どうやら室内にいるのは三人だ。

互いに呼び合う声で、ジョージ、ケイン、マイクという名前なのが分かる。

(や……そんなことはどうでもいいんですよっ)

彼らの会話はとりとめがなかった。

砦には複数の小隊長がいて、いずれも手練《てだ》れだとか。

最近、砦に来た監査官代理が、ものすごい美人だとか。

(ふーん、ギルドの人がいるんですね……)

監査官とは、問題のありそうな国や地域に、冒険者ギルドから派遣される人間だ。

そもそも冒険者ギルドは、国家連合から資金を受けて成り立つ組織で、一つの利権に縛られない。緊張状態に陥りやすい諸国の火種を取り除《のぞ》くのにも、重宝されている。

(とはいえ、監査官代理が人格者とは限らないんですよねー)

噂では悪党もいて、金品や接待で懐柔されるという。

味方になれば頼もしいが、迂闊《うかつ》に接触したら、サクッと拘束される恐れがあった。

(探し出して話しかけるのは、ある程度の状況を調べてからにしようっと)

などとアイシャが頭を働かせる間にも、雑談は続いていた。

「そうそう、この前の打ち合わせの後な、会議室の掃除にメイドのムギさんが来てくれたんだよ。いいよなぁ、ムギさん。ぜひ一度、お相手願いてぇもんだ」

「昨日、先輩達とレクリエーションルームへ入って、夜まで出てこなかったそうだぞ?」

「ち、ちくしょう！　俺も混ざりたかったたっ！」

(…………ふぅん?)

これまた、アイシャとしては気になる内容だった。

もちろん、レクリエーションルーム(意味深)の存在ではない。メイドの方だ。

(盗賊衣装のままで歩き回るのは、絶対に限界あるもんなぁ……)

兵達から怪しまれない格好へ変装できれば、探索だってしやすい。

さらに漏れてくる情報をつなぎ合わせると、メイドや下働きの控室は、牢とは別の階段で下りられる、地下のフロアにあるらしい。

（まずはそっちへ行くのがいいかも……）

アイシャは扉から離れ――ちょうど、そこへ真正面から兵が一人やってきた。

無精髭のだらしない中年男だが、筋肉は皮鎧をはち切れさせんばかりに盛り上がっている。腰には剣の鞘だ。

「あ」

「あ」

注意を払っていたつもりでいたが、思った以上に、室内の会話へ気を取られていたらしい。

対する兵士の方は、まばたきした後、眉を吊り上げる。

「誰だ、おま……！」

飛び出しかけた叫び声を、アイシャは慌てて遮った。

「ま、待ってください……っ、あたし、怪しいものじゃないんですっ。ただ、この砦に下働きとして連れてこられたばかりで、道に迷っちゃって……」

訴える声は、休憩室の三人に気づかれないように、小さく絞った。ここで彼らまで出てきたら最悪だ。

ともあれ、今のアドリブだけだと苦しいので、ギルド仕込みの演技力もフルに使う。

おどおど。びくびく。涙を浮かべながら、男心を惑わす上目遣いを見せて。

実のところ、アイシャに男と特別な何かをした経験なんてない。

だが、ギルドの先輩達から聞かされた体験談で、セックスについても、ある程度のことは知っている。

「そ、そうか……？　へぇえ？」

男は半信半疑の態度だったが、ひとまず怒鳴るのを止めて、アイシャの頭からつま先までジロジロ眺めてきた。

値踏みするような視線が、非常に気持ち悪い。

それでもアイシャは堪えて、さらなる一押しをした。

「お、お願いします、他の人には内緒で、控室へ戻る道を教えてくださいっ……。勝手にうろついているって知られたら、あ、あたし……」

渾身の熱演だ。

それが効きすぎるほど、効いてしまったらしい。

男は脂ぎった顔へ、急に笑みを浮かべだす。

「だったら、俺が案内してやるよ。ついでに……へへっ、口止め料をもらおうかね」

「え？　口止め料ですか？　でも、あたし、お金なんて……」

「おいおい。この砦に来た以上、俺の言ってる意味ぐらいは分かるだろ？」

「あ、あの、それってっ……」

アイシャも戸惑うフリを続けるものの、何を求められているかぐらい、見当がついた。

この男、身体を要求してきている。

（まずい！　非っ常っにまずいです！　ザ・貞操の危機っ！）

せっかく、肉奴隷ルートを回避できたのに。

だが、さっきと違って、力押しでどうこうできる状況ではなかった。逆らえば、きっと命に係わる。

焦りを隠して、アイシャは答えた。

「はい……わ、分かりました……っ」

ひとまずは従うふりだ。

（逃げるチャンスが、きっとあるはずですし……！）


――逃げるチャンスなんてなかった。

アイシャは固く掴《つか》まれた手首を、兵士にグイグイ引っ張られ、一階の通路を抜ける。

そのまま階段を下りて、牢とは別の地下階へ着いた。

また、周囲の雰囲気がガラッと変わる。

このフロアは下働きやメイドだけでなく、兵達の生活の場でもあるらしく、今までで一番、物々しさと縁遠かった。

「ほれ、あっちへ行けば、下働きの大部屋へ戻れるぞ」

兵士は顎で示す。

しかし、彼がアイシャを連れていこうとするのは、それと反対側だ。

「ぇ、あの……っ」

「いいから来いっての」

否応なく、アイシャは空いている部屋へ連れ込まれた。

きっとここが、通称レクリエーションルームなのだ。

物置を兼ねているのか、そこそこの広さの中に、大小の木箱も幾つか置かれていた。中央には、これ見よがしに大きなベッドがある。

兵士は唯一のドアへ鍵を掛けると、アイシャへ向き直った。

「じゃっ……いただくとするか……っ」

彼はベッドを使うつもりがないらしい。

その涎《よだれ》を垂らさんばかりの表情に、アイシャは思わず後ずさった。だが、一歩下がっただけで考え直す。

(我慢……しなきゃ……！)

若い娘がシーフをやるとなれば、『女の武器』を使わねばならない時もある。今までは運よくそういうケースに出会わず済んだだけで、彼女だって密かに覚悟はしていた。

（少なくとも……命と天秤にかけられない、ですし……っ）

ただ、頭で分かったつもりになっていても、リアルな牡の存在を前に、細い身体が震えてしまう。

それに改めて気づいた。男は何日も風呂へ入っていないように汗臭く、鎧から伸びる腕は、筋肉質なだけでなく、動物のように毛深い。

「……せめて……優しくしてください……っ」

なんとかしおらしいセリフを吐いたが、もう演技というより、半分以上が本音だった。

もっとも、兵士の方は優位を実感できたらしく、ギラつく視線に、僅かだが余裕を混じらせる。

「へへ、安心しろよ。……うん、服は俺が脱がせてやろう」

「……ぅぅぅ……」

アイシャが愛用する盗賊衣装は、ややゆったりした白いシャツと、それを上から押さえる革鎧の組み合わせになっていた。

鎧はコルセットと似た形で、腹部を守りつつ、ごく普通の町娘を装える形状だ。

男も別段、不審と思わなかったらしい。

ただ、ベルトに手をかけたところで、バックルへ隠したナイフに気づいてしまう。

「おい、どうしたんだ、これ？」

「あ、それは……その……」

アイシャは心臓が縮こまる思いだった。上手い言い訳なんて、思い浮かばない。

「あ、あたしのことを気に入った兵隊さんが、護身用にって……」

「ああ、なるほどね」

意外にも、兵士はあっさり信じて、ナイフを鞘ごと床に放り捨てた。

——ひょっとしたら、そういうことがここでは珍しくないのかもしれない。

つまり、小娘が武器を持っていても、全く脅威と思われないほど、この砦には物騒な連中が集まっているのだ。

兵士はそのまま、アイシャのレザーコルセットを外そうと大柄な身を屈めた。

後頭部を晒す彼の姿勢はとても無防備だが、正面切って戦うとなると、アイシャでは勝ち目がない。

「なんだこりゃ、面倒くせぇな」

兵士の不満げなぼやき一つにも、かなりの不安を煽られる。

確かにコルセット型の鎧は、細い革紐でしっかり留められていて、慣れていないと脱がせづらいのだ。

とはいえ、兵士が苛立《いらだ》ったのは始めだけで、すぐさま紐を上から順に緩めだした。

思ったよりすんなりと、コルセットは床へ落とされる。

これでアイシャの上に残るのは、シャツと下着のみだ。

「ほれ、手を上げな。万歳だよ、万歳」

「……はい」

アイシャが両手を上げれば、シャツの裾までたくし上げられた。

目の前が裾周りの白い布で覆われ、直後にまた兵士のダミ声が聞こえる。

「身体を前に倒さなきゃ、脱がせられねぇだろ」

「……っ……すみません……」

嬉しくもない万歳に続き、アイシャはお辞儀みたいな格好まで、彼へ披露する羽目になった。

そのまま両腕からシャツが抜き去られれば、いよいよ次は下着になる。

アイシャが乳房を押さえるのに使っているのは、伸縮性のある黒いバンドだ。オシャレとは無縁の実用一辺倒で、胸回りをグルッと一周して、大きな丸みの揺れもしっかりと防げる。

「ん？　これは後ろで留めてんのか。ほら、さっさと俺に見せろ」

「……こう、ですか……？」

アイシャがおずおず背中を晒すや、留め具はあっさり外されて、ふくよかな乳房がむき出しになった。

顔から火が出そうなほど恥ずかしい。

だが、手で胸を隠したところで、相手を不機嫌にするだけだろう。

アイシャは目を伏せ、拳を身体の両脇で握って、頬の火照りに耐えた。

そんな彼女の腰を、男はゴツい手で押さえ、自分の方へ向き直らせる。

「へへっ、思った以上に立派なおっぱいじゃねぇか」

「……そ、そうです、か……?」

ふっくらした乳房は、目の前の男が太い指を広げて、ようやく掴みきれる大ボリュームだ。

表面は繊細な白さを保ち、手荒く扱われたら壊れそう。無意識の身震いによっても、小さくプルプルと揺れる。

加えて、乳首と乳輪は淡いピンクが儚《はかな》く、朱に染まった肌と、色が半ば混じり合っていた。

もっと下れば、ウエストラインが引き締まる。

そこに余分な肉は一切ないものの、筋肉質な雰囲気でもなかった。大きなバストとコントラストを描くように、細くて華奢《きゃしゃ》なのだ。

ちなみに彼女がショーツ代わりに穿くのは、胸のバンドと同じ素材でできた黒いパンツだった。健康的な腿の半ばまでを覆いつつ、愛くるしいヒップへぴったり張り付いている。

とはいえ、兵は巨乳ぶりに目を奪われて、下の方へ手を付けるつもりがないらしい。

「安心しろって、俺は優しいからよぉ」

微塵《みじん》も信用できないセリフを吐いて、彼は乳房を二つとも鷲掴みにした。

案の定、やり方に気遣いはなく、美乳を一瞬でひしゃげさせる。指の形の痣まで作ってしまいそうだ。

アイシャも広い範囲を鈍痛に見舞われ、形の良い眉をしかめた。

「ん、くっ⁉」

しかし、彼女の我慢する表情に、兵士はそそられたらしい。強い力加減のままで指を屈伸させて、柔肉を揉む動きへ入る。

ムニュッ、ムニッ、グニッ！

弄《いじ》る力が強まれば、バストは歪み、痛みも強まった。曲線の一部が、指の間からはみ出す様は、まるで愛撫から逃げたがるみたいだ。

だが、それは叶わない。むしろ底なしの柔軟さで、男を悦ばせる。

逆に十指が緩めば、乳肉は元の形へ戻るものの、そこを狙ってまた圧迫された。

「はぅっ……っ、ぅぅっ……！」

未経験のアイシャでも分かるほど、男のやり方は拙《つたな》い。だが、ひたすら執拗《しつよう》だった。

彼は鼻息荒く、中腰でバストを凝視しながら、手を動かし続ける。

やがて、アイシャが少し刺激に慣れてくると、神経は練り込まれる感触を、より鮮明に受け取りだした。

最も強いのは痛みのままだが、奥に別のものも潜み始める。

むず痒さのような、何かが。

「ぅ……くっ……ぁぅぅっ……」

アイシャは胸嬲りと同じリズムで息が揺らぎ、それを相手にも聞きつけられた。

「お、気持ちよくなってきたか？」

そんな訳ない。

だが、せっかくここまで、平凡な娘として振る舞ってきたのだ。

「は、はい……気持ちよく、なってきました……っ」

辛うじて残るしたたかさを総動員して、アイシャは望まれる答えを吐いた。

男もそれを額面通りに受け止め、「そうかそうか」とますます上機嫌になる。

「だったら、もっとしてやるよっ」

彼はそう言うなり、ここまで手付かずだった乳首に指を伸ばす。

「つぅぅっ⁉」

しこる突起が無造作に潰され、アイシャの痛みもぶり返した。むしろ、今まで以上にきつい。

だが、彼女が身を強張《こわば》らせても構わず、男は指戯を続けた。

過剰に乳首を締めたまま、右へ捻《ひね》り、左へ捻る。時には縦長に伸びるほど、手前へグイグイ引っ張る。

責めの向きが入れ替わるたび、アイシャの意識も同じ方向へ揺さぶられた。

「ひぅうっ⁉　んあっ⁉　んんぅうっ⁉　そ、そのやり方は……っっ、許してくださいっ……乳首が取れちゃい……ますぅっ！」

吐かないと決めたばかりの懇願も、抑えきれなくなってしまう。

「お、そうかい。だったらこうしてやるよっ」

思いのほか、すんなりと右の乳首から指がどいた。

とはいえ間髪を容れず、分厚い唇がむしゃぶりついてくる。その表面はカサついて、脆い乳輪に対し、さながらヤスリのようだ。

さらに口の中に収まった乳首は、ヒルと似た舌で玩弄《がんろう》された。

「は、ぁあっ、ぁああっ……⁉」

痛みの直後に、軟体へ絡みつかれると、アイシャもこそばゆさに震えてしまう。

鳥肌が立つほどおぞましい。だが、受け入れ続けなければならない。

「はぁ……ぁっ……やっ、ぁああっ⁉」


「どうだ。これなら気持ちいいだろう？」

一旦顔を浮かせた得意げな男へも、彼女は微かに頷いた。

「はいっ……舐められると……か、感じちゃいます……っ」

「なら、もっと感想を聞かせてくれよな」

「分かり、ました……っ。気持ちいいです……おっぱい……気持ちいい……ですっ」

心にもないことを、何度も連呼する。

一方、左胸に対する責めは乱暴なままだった。男は乳房をもぎ取らんばかりに搾り、硬く尖った乳首も、遠慮なしに捩《ね》じり上げる。

「は……ぁっ……やっ、ぁああっ⁉」

むず痒さと痛みの同時進行に、アイシャは意識を分断されそうだった。

と、兵士がいきなり乳頭を強く吸い始める。

ヤスリから吸盤状に変わった唇で引っ張られれば、乳首は付け根からビリビリ疼《うず》いた。

舌の方も、感度を増したところを上下に打ち据えてくる。だから刺激はまとわりつくようなものから一転、中心まで練り込まれるものへ変わった。

「んふぁあっ⁉　これって……ぇっ、はぅうっ⁉」

声を高くしながら、アイシャはいやいやとポニーテールを揺らす。

彼女からすれば、未知の痺《しび》れが連発だ。混乱も強まり、右胸のくすぐったさの方が、左

側の痛みよりマシだと勘違いしてしまいそう。

しかも、彼女は刺激を肯定する言葉を吐き続けているのだ。

「感じます……っ……やんぅうっ……乳首がっ、気持ちいい……ですぅうっ！」

これが性感へ影響してしまう。

喉を震わせるほどに乳首の切なさが強まり、触れられていない腰の裏や股間の奥でも、ドロドロした感覚が渦巻きかけていた。

「は、ぁっ……ぁああっ⁉」

彼女のあどけない顔は、自覚もないまま、しっとり汗ばみだす。

呼吸も乱れ、色白の頬や額は、艶《なま》めかしい赤みに染まった。

「ぷはっ！　っと、ずいぶんエロい表情になってきたじゃないか。ああ、たまんねぇなぁ」

顔を上げた兵士に嘲笑われても、即座に返事できない。

「は……えっ……あ、あたし……ぃっ」

そんなアイシャの前で、男は一歩下がって身を起こし、恥ずかしげもなく自分の股間を指さした。

「次はお前が、胸でしてくれよ、もうこんなになっちまってるんだ」

つられてアイシャが見れば、彼のペニスはズボン越しでも形が分かるほど、盛大に勃起《ぼっき》していた。

「ひっ⁉」

すでに切羽詰まっていたアイシャだ。今度こそ思考が停止しかける。

第一、『胸で』と言われても、何のことか分からない。

その初心《うぶ》な彼女へ見せつけるように、兵士はいそいそと身に着けたものを脱ぎ始めた。

鎧を慣れた手つきで外し、ズボンも丸ごと脱ぎ捨てる。最後に汚いパンツまで取り払って、下半身を丸出しにした。

出てきたペニスは、梶棒さながら逞《たくま》しい。

根元では陰毛が曲がった針金のように縮れ、ぶら下がった玉袋もグロテスクな大きさだ。竿はゴツゴツと節くれ立ちながら、太く長く、天井を仰いでいた。

その先端で、赤黒い粘膜の塊である亀頭も、はち切れんばかりに膨らんでいる。亀頭と竿の境にあるカリ首なんて、アイシャには異常としか思えない張り出し方だった。

しかも、先端部の細長い穴からは、透明に光る粘液が、ジンワリ滲《にじ》み出ている。

「あの……え、ええと……っ⁉」

もはや、目を丸くしながら、口元をわななかせるしかないアイシャを、男は愉快そうに眺めた。

「おーおー、もしかして初物か？」

「い……‼」

アイシャは後先考えずに逃げ出したくなった。

しかし、兵士はおおげさに天井を見上げる。

「あー、残念だわー。この後、ドライ隊長と打ち合わせがなきゃあなぁ」

「え……え?」

「なんだ、ドライ隊長のことも知らねぇのかよ。あの人はこの砦一の堅物だよ。遅刻したら怒られるし、女を抱いてたからだなんて知れたら、もっと怒られちまう。つーわけで、今回はそのでっかい胸で、チャッチャとご奉仕してくれや」

「胸、で……?」

まだ、どうすればいいのか分からない。

さすがに焦れてきたか、男が語尾を荒くした。

「だからぁ、その柔らかい場所に俺のものを挟んで、シコシコ扱くんだよっ」

アイシャも慌てて頷いた。

「わ、分かりましたっ……あたし、言う通りにしますっ」

彼女は男の足元で、膝立ちの姿勢を取る。

ひとまず両手をバストの下に添え、両開きの扉さながらに、深い谷間を左右へ広げてみた。

そこへ男が、ヌッと屹立《きつりつ》を差し入れる。

「へへっ、お邪魔しますよっと」

彼は下着だけでなく、ペニスの洗い方まで大雑把らしい。いざ接触するや、アイシャの鼻孔は、饐《す》えた生臭さで満たされた。

しかし、彼女はたわわなバストを両手で左右から押して、汚い男性器を隙間なく挟む。

（お、男の人のって、こんなに硬いものなんですか……？）

特に竿の部分は、棍棒というよりも鉄杭のようだ。

それに全体が火照り、長く触れていると火傷《やけど》しそう。

こんな危険物が女性の中へ入るなんて、何かの間違いとしか思えない。

亀頭はまだしも弾力が目立ち、我慢汁だって潤滑油めいているが、竿との境目にあるエラは、バストの表面を押しのけたがるかのようだった。

「うぅ、熱い……ですっ」

思わずこぼれる感想に、男はくぐもった笑い声を漏らす。

「ああ、そうだろうな。……さ、扱いてくれよ？」

「はいっ……」

アイシャは両手を使って、バストを上下に動かそうとした。

しかし、いくら器用でも、初挑戦では難しい。

特にエラは、亀頭と違ってあまり濡れておらず、乳肉を浮かせようとした途端、グニグニ引っかかってくる。

咄嗟に押さえる力を緩めれば、ペニスはバネ仕掛けのように本人の腹の方へ反り、胸の間から抜けてしまった。

「ちゃんとやってくれよ」

「っ……すみません……っ」

アイシャが弱々しく謝ると、男も文句を言い続ける気を削がれたらしい。彼は床に落ちていたアイシャの下着を拾い上げ、鼻先へ突き出してきた。

「これを着け直せ。で、もう一度試してくれ」

「え……は、はい……」

アイシャは言われるがまま、黒い布地を胸へあてがい、背中で留め具を掛け直した。

伸縮性のある布地がかぶされれば、巨乳は平たくひしゃげつつ、自然と谷間を狭くする。

「ちょっとはしやすくなったんじゃねぇか？」

「や……やってみます……」

アイシャは下着越しに、バストを両手で押した。そうやって作った合わせ目は、さっきよりずっと窮屈そうだ。

男も待ちかねたように、ペニスの切っ先を寄せてくる。

仕方なく、アイシャは乳房をかぶせるようにして、鈴口周りを迎え入れた。

「ん、ぁ、ふっ……!?」

彼女が驚きの声を上げたのは、男の方からもペニスを押し上げてきたせいだ。

亀頭で柔肌を割り、エラでもこじ開け、頑丈な竿をねじ込んでくる。

「っ、あの……痛くないんですか、これ……？」

心配してやる義理はないものの、つい相手へ聞いてしまった。

すると、男はこともなげに言う。

「これぐらいがいいんだよっ。今度こそちゃんとやってもらうからなっ」

「……分かりましたっ……」

アイシャは慌てて目を胸元へ落とし、肉棒を収めたばかりの膨らみ二つを、ゆっくり上昇させた。

今度はバストの四方が圧迫されているため、竿が抜けることはない。

カリ首との摩擦も過激になって、アイシャは後々まで、巨乳に変な感触が残りそうだった。

とはいえ、男が悦んでいる以上、続けるしかない。

バストの上寄り部分は、ペニスから離れたところを両手に圧されて、汗が潰れて伸びるほど、間をみっちりと締める。

それをアイシャは再び、槍の穂先じみた亀頭へ下ろしていった。

ズズッ、ズッ……ニチュッ！

先走りで濡れた先端部は、カリ首のように引っかかることがない。慣れない奉仕でも、思った以上にスピードが乗った。

「やればできるじゃないか！」

「ん……あ、ありがとうございます……ぅっ。はう、ぅぅぅんっ！」

心にもない礼を述べつつ、アイシャはキュッと目を閉じた。

何しろ、正面には汗臭い男の腹周りがある。

だが、視覚を遮断すれば、神経が過敏になる。乳房を抉《えぐ》る異物の動きが、くっきり脳内へ浮かび、結局、アイシャはすぐ瞼を上げた。

次の瞬間、巨乳の端から、鈴口が飛び出してくる。

「ぅうっ……ん、っぅううっ！」

臭いも格段に強まった気がして、アイシャは急いで胸を持ち上げ、赤黒い牡粘膜を隠した。

その分、カリ首と肌が激しくぶつかり合う。

「あっ、ふ……擦れ、てっ……んんっ⁉」

まるでペニスが、男とは別の悪意を持って、乳房を穢してくるようだ。

せめて、早く終わらせないと――。

焦りに急《せ》かされ、アイシャは往復へ取り掛かった。

滾《たぎ》る竿の付け根へ乳房を落としたら、次は丸みをいっぱいに使って、エラを長々と擦り上げる。

男性器も先走り汁をどんどん分泌し、乳房を端から端までヌルヌルに汚した。

生臭さとは違う水っぽい匂いも、次第に濃くなっていく。

ヌメりがカリ首の裏まで広がれば、往復だって自然と早まった。

「はっ、ぁっ……くっ……ふあっ、ぁぁあっ……！」

アイシャは柔らかな肌がふやけそうだ。

さらに自身の忙《せわ》しい動きによって、呼吸が乱れる。粘液を鼻先に感じ続けていると、何故か判断力まで麻痺しかける。

名前すら知らない相手のものなのに、まるで本能へ働き掛けてくるみたいだ。

そこへ頭上から、声がかぶさった。

「お、ふっ……へへっ、お嬢ちゃんも気持ちよくなってきてるみたいだなっ？」

「そんなことありませんっ」

急に心の奥をほじくられた気がして、アイシャは反論してしまう。だが、直後に演技の必要を思い出し、従順に言い直した。

「い、ぃいえ……はいっ……あたしもおっぱい……気持ちいい、ですっ……！」

口を動かしながら、悔しさと情けなさで、涙が出そうだ。

だが、黒いバンドの内でも、乳首がプックリ尖っていた。それが裏地に引っかかり、休みない上下運動によって揺すられる。

半端な刺激は、妙に歯がゆい。しかも。

「ぁ、んっ……気持ちいいですっ……気持ちいい……ですぅぅ……っ」

うわごとのように繰り返すほど、望まぬ切なさは強まった。

男も調子づいたように、いきなり言い放つ。

「ここからは俺もやってやるよ！」

彼はアイシャの手の甲へ、自分の掌を乗せた。これで行き来していた巨乳を、強制的に固定する。

「ひうっ⁉」

アイシャからすれば、ちょうど身体を上へずらしかけていたところなのだ。

二つの膨らみを自ら引っ張ってしまい、もぎ取られるように根元が痛かった。

それでも男は構わず、腰を前後させ始める。

「おっ、おっ、くぉっ！」

短く跳ねる彼の息遣いは、まるで走る獣だった。やり方にも迷いがなく、猛スピードで乳房の間を突っ切ったら、カリ首も遠慮なしに押し付けてくる。

濡れ光る鈴口周りだって、ピョコッピョコッと連続して、アイシャの顎の下へ飛び出した。その勢いは、まるで獲物の喉元へまで、ヌメリを塗りたがるよう。

「ほれほれ、俺のチンポがどうなってるか、言葉にしてくれよ」

「は、いっ……すごい勢いで暴れてます……っ。んんっ……あたしっ、こんなにされてたらっ、んくっ……おちんちんの感触、をっ……おっぱいで覚えちゃい……ますっ……！」

蹂躙《じゅうりん》されるアイシャのバストは、グニグニと変形し続けている。ペニスが昇ってきた時は、道連れのように、合わせ目が持ち上がった。逆に下がる動きで引っ張られれば、谷間を内側へ巻き込まれる。

「あ、んっ、やぅっ……壊れますぅっ！　おっぱいがっ、ぁんぅっ、ダメになっちゃいますぅうっ！」

乳首もいよいよ痺れ、離れた女性器の芯までが、触れてもいないのにムズムズとした。まるでペニスが往復するたび、身体を中から作り替えられていく気分だ。

そう思った途端、アイシャはついに堪えきれなくなった。

「あたしっ、これ以上はっ……や、やっぱり無理ですっ！　もうっ……終わりにしてください……ぃ！」

「ああっ、もうすぐだよっ！　お前の胸と顔へぶちまけてやらぁっ！」

「ひぅうっ⁉」

身勝手な予告を投げかけられる。だが、それを避けられない以上、せめて早く終わってほしい。

でなければ、股間の疼きがもっと強まってしまう。

「んぁっ……分かりましたっ……出してください……っ。あたしを好きなだけ汚してっ、くださっ……はんんぅっ！」

アイシャは自分の意思で、身をくねらせだした。乳房そのものは拘束されたままだが、肢体を小刻みに揺すって、亀頭へ振動を送り込む。両掌も波打たせ、カリ首を間接的に揉んでやる。

初心者ながらも懸命な動きに、嬲る男の昂《たかぶ》りも最高潮へ至った。

「ああっ、出るぞっ！　出るっ……今っ、出してやるっ！」

彼は仕上げの肉悦を求め、むっちり蒸れたアイシャの巨乳を、力強く挟る。さらに肉厚の手で、無理やり自分の側に引き寄せた。

「んぁぁあっ⁉」

バストを千切られるような痛みが復活し、アイシャは可愛らしい顔を歪める。

直後、巨乳の上へ亀頭が躍り出た。

肥大化した粘膜の先では、鈴口も開ききっている。そこから白い子種が、噴水さながらにぶちまけられた。

ビュクッ！　ビュブププッ！　ビュルルゥウウッ！

「あっ、やっ、ふぁあっ⁉」

ザーメンは半固形状の濃さだ。アイシャの顎も喉も無差別に汚し、胸の谷間へたっぷりへばりつく。

アイシャはちょうど上体を反らしていたから、射精の瞬間を見ないで済んだ。

それでも我慢汁など比較にならない粘り気と臭さなら、嫌というほど思い知らされる。

さらに、射精で怒張が脈打つ生々しい感触も。

「や、やはぁぁうっ⁉」

受け入れる気でいても尚、悲鳴が溢れてしまった。

逆に、男は心底、満足そうだ。

「ああっ、良かったよっ。お嬢ちゃんのおっぱいは最高だったぜっ⁉」

と、アイシャが強張りを解けないうちから、肉棒を引っこ抜いていく。

ズズッ、ズズズッ――と、ザーメンの直接当たらなかった部分にも、ヌメりが塗り込まれていった。

同時に、手がパッと離れる。

しかし、アイシャは脚に力が入らない。やっと乳房を解放されたのに、その場へ尻を落としてしまう。

後は肩で息をしながら、ぐったり項垂《うなだ》れた。

「はぁっ……はぁっ……ん、くっ……はぁ……ぁっ……」

自分を蹂躙した相手の顔を、どうしても見上げられない。

そんな弱々しい素振りの彼女をほったらかしにして、当の兵士は、自分だけ服を着直してしまった。

「隊長と打ち合わせがなきゃ、続きをやるんだがなぁ。まあ縁があったら、またよろしく頼むわ」

勝手なことを言い置いて、返事も待たずに部屋から出ていく。

最後に、鷹揚《おうよう》さを見せたつもりかもしれない。

しかしアイシャからすれば、単なる時間つぶしで弄《もてあそ》ばれたみたい。

（……ううんっ……違う……っ）

この状況だって、きっと次の行動へつなげられるはずだ。

（……あたし、メイドへ化けるために、この階へ来たんだからっ……）

身体はどうしようもなく重たいが、ここでへタレていたら、別の兵士が部屋へ入ってきかねない。

「……あたし、負けませんよ……っ。いざとなったら、もっとすごい色仕掛けだって、が、我慢してみせますから……！」

ピンチのシーフは、生存能力が割と凄いのだ。
アイシャは気持ちを奮い立たせて、踏ん張るように床から立ち上がった。

第二章　会議室

どうせレクリエーションルームへ入ったのだ。
アイシャはいっそ開き直って、室内にある箱を調べていくことにした。
結果は全て外れと、すぐ分かってしまったが、
「………うん。思った通り、大したものはなし！」
わざと冗談めかして強がる。
それに中身にはタオルも幾つか混じっていたので。身体の汚れは拭き取れた。
ちょっと胸に粘りが残ってしまった気もするが、敢《あ》えて無視して、部屋を出る。
（やっぱりこの階って、一階と比べると綺麗かも……）
さっきも感じたことだが、ゴミらしいゴミが一切落ちていない。
まあ、さっきの兵士みたいな連中が、掃除にいそしんだりはしないだろう。
（そういうのも、無理に連れてこられた人達の仕事なんでしょうねー）
あんなことをされた後だと、なんかムカついた。
ともあれ場所が地下だけに、空気の汚れへは、さりげなく注意が払われているようだ。
まず、通風孔が他のフロアより多い。

（ああいうところを伝っていけば、普通じゃ入れない部屋も、チェックしていけるのになぁ……）

前の依頼では、そうやって厄介な状況を打開したことがある。

しかしこの砦の通風孔は、一階のものも含めて、全てに鉄柵が付けられていた。

アイシャなら外せないことはないが、間違いなく作業の途中で、兵に見つかる。

それに穴自体も小さくて、無理に入ろうとしたら、胸が引っかかりかねない。

メンテ用の入り口を発見できれば、事情は変わるが、当面、利用は期待しないでおくのが良さそうだ。

続けて、壁へ掛かっている照明器具へ目をやると、火ではなく、簡単な魔法の光が使われていた。明るさは特に強くないため、身を潜められそうな暗がりが、地下フロアのそこかしこへできている。

総じて、機密情報はなさそうだが、それなりに行動しやすそう。

シーフ目線で判断するなら――可もなく不可もなく――ということになる。

その時、人の気配を通路の向こうに感じた。

「お……？」

明らかに隙だらけで、兵士ではなさそうだ。

しかし念のため、アイシャは通路の陰へ隠れる。

程なく現れたのは、下働きらしい娘だった。

髪はショートカットで、幼さの残る顔にそばかすがある。本当だったら、明るい笑顔が似合うのだろう。

しかし、今は俯きがちで、雑巾の掛かったバケツを手に、トボトボと歩いている。

服はごく当たり前の普段着だった。

(なるほど……ああいう子が多くいるから、さっきはあたしの嘘が通用したんですね……)

とはいえ、一か八かのアドリブを何度もやるなんて、命が幾つあっても足りない。

(やっぱり着替えておくべきですよね、うん)

辛そうな娘は気の毒だが、してあげられることは何もなさそう。

アイシャはやや後ろ髪を引かれつつも、その場を離れた。


日々の利便性を重視しているらしいこの階は、どこにどんな設備があるかの見当もつけやすい。

アイシャはさほど時間をかけることなく、メイド達の控室らしき場所を見つけ出せた。

幸い、中は無人だったから、素早く入り込んで、後ろ手にドアを閉める。

改めて見回せば、内装は決して豪華ではないが、いかにも女性用の空間だった。使っている者の立場も、さっきの娘より優遇されていそうで、壁の一角に大きな姿見まで据えられている。

奥に据えられた棚を開けてみれば、何着ものメイド服がしまわれていた。アイシャと合いそうなサイズのものも、ちゃんとある。

(正解、正解。えーと……ちょっとお借りしまーす)

急いで盗賊服を脱いだ。

露わになったアイシャの肢体は、並の男であれば目を奪われずにいられないほど、魅力的だ。

大きな乳房や、腰の流麗な括《くび》れは言わずもがな。

瞬発力が要求される四肢は、スラリと細い一方、若枝のようなしなやかさがある。

尻も健康的に引き締まり、娘らしい丸みを作っていた。

そんなアイシャが着ていれば、飾り気が皆無の下着でさえ、肌の瑞々しさを引き立てる。

——と、彼女は途中で手を止めた。

(下着までは替えなくても……。でも、さっきみたいに脱がされることがあったら……困るだろうなぁ)

変装するのは、犯されるのを極力避けるためでもあるわけだが、欲望まみれなこの砦では、メイドだって、日々身体を要求されているかもしれない。

手を出された時、外がメイド服で、中が盗賊用の下着では、どう考えてもアウトだ。

仕方なく、下着も拝借することにした。

これと見当をつけた引き出しを開けると、何種類ものブラジャーとショーツがしまわれている。

レースで飾られた清楚な白いものや、やけに露出度の高いもの。おおむね男受けの良さそうなデザインだ。

「……ひょっとして、脱がされるの前提だったりします？」

思わず唸ってしまう。

ブラジャーはアイシャと完全に合うものがなかった。

小さいものはそもそも巨乳が収まらず、大きいものだと僅かに隙間ができてしまう。

(むむっ、上には上がいるもんですねっ)

こんな場面であっても、ちょっと悔しかった。

とりあえず、大きい方の白いブラジャーを着け、続けてパンツも脱いでいく。

(知らない部屋で脱ぐのは、やっぱり落ち着かないなぁ……)

出てきた彼女の秘所は、少し未成熟だった。

澄んだ肌色の大陰唇《だいいんしん》がぷっくり曲線を描き、小陰唇《しょういんしん》はほとんど目立たない。ほんの僅かに端を見せるだけで、合わせ目もぴったり閉じている。

淡い栗色の陰毛も、量が少ないから、まるで産毛のようだ。

もっとも、それらはすぐに純白のショーツで隠された。

さらにメイド服も、アイシャはしっかり着込む。

「さてさて、肝心の見た目は……っと」

姿見の前まで行って、自身を映してみた。

「に、似合わない……！」

あざといほど可愛い姿を見るなり、アイシャは半眼で呟く。

頭の上には、九割がフリルでできたヘッドドレスだ。

身体は半袖のシャツと、くるぶし近くまであるロングスカートが包み、どちらもシックな紺色が、優等生めいた雰囲気を醸し出す。

前面には、真っ白いエプロンがあった。そのデザインはヘッドドレスと対で、肩の回りと腰から下が、大きなフリルで飾られている。身体の後ろで結ばれる紐も、まるでリボンのようだった。

（どう見ても……あたしには致命的に似合わない！）

実のところ、衣装は彼女の可憐さとマッチしているのだ。

しかし本人からすれば、タチの悪い冗談みたい。

（……それでもごまかすことぐらいはできる……と思いたい！）

とりあえず手直しで、ポニーテールを編み上げ、頭の後ろで纏めてみた。

これでちょっとはマシになったはず――胸中で自分へ言い聞かせ、アイシャは姿見の前から離れた。

脱いだ盗賊衣装の方は、一つに纏める。

と、不意に後ろで、ドアノブの捻られる音がした。

「っ⁉」

身を隠そうにも間に合わない。

いや、そうしないで済むように着替えた訳だが、あくまで兵士対策なのだ。本物のメイドと向き合えば、偽物と見抜かれてしまいそう。

慌てて立ち上がったアイシャは、エプロンの前でたおやかに両手を重ねつつ、足ではズズッと行儀悪く盗賊衣装を押して、ベッドの下へ隠した。

直後にドアが開き、危惧した通り、本物のメイドが入ってくる。

「あら？」

小首をかしげる彼女は、アイシャより少し年上に見えた。

髪は、地下であっても輝いて見えるほど、混じり気のない銀色だ。

逆に肌は褐色で、髪との見事なコントラストが、神秘的ですらある。日に焼けているのではなく、元からそういう色らしい。

顔立ちもどこか謎めいている。

非の打ちどころがないほど端正に整いながら、おとなしそうな瞳からは、ほとんど感情を読み取れない。

胸元だって、特大サイズで盛り上がっているのに、どこか現実感が乏しくて、

「もしかして、新入りさん……でしょうか？」

アイシャに尋ねる喋り方まで、魂を得た人形さながら、物静かすぎた。

とはいえ、向こうから口実を作ってくれたのはありがたい。アイシャもそれへ乗っかることにする。

「は、はいっ。今日からこちらでメイドに取り立てていただいたアイと申しますっ」

偽名を名乗ったのは、彼女が敵になるか味方になるか、まだ分からないためだ。

嘘しかない自己紹介に、メイドは微笑を浮かべた。

「アイさんですね。私はここのメイドをしているムギと申します。以後、お見知り置きを」

「……ムギさんですか」

その響きには、アイシャも聞き覚えがある。

兵達が一階の休憩所で、口にしていた名前だ。

（……なるほど。確かにすごく綺麗な人ですね……）

こんな状況だから警戒してしまうものの、街で会ったら、アイシャだって見惚《みほ》れていたかもしれない。

ともかく、さりげなく探りを入れてみた。

「あたし……ここへ連れてこられたばかりなんですけれど、メイドのお仕事ってどんなことをするんでしょうか……？」

「……」

ムギは一回まばたきしてから、口を開く。

「そんなに難しいことはありません。お掃除、洗濯、お料理、それから兵隊さん達の身の回りのお世話をするだけです。具体的な身の回りのお世話については……うん、察してください」

「はぁ」

「言いづらいけれど、色々あるんです。アイさんも『メイドとしての業務の際』は、兵隊さんに悪戯《いたずら》されるかもしれませんが、何をされても、逆らわず、怒らずでお願いします。少々アレなことをされても、そこは我慢です」

「アレなことっすか」

「ええ、大変申し訳ないのですが、何か問題があると、私達も連帯責任で処罰されてしまいますから……」

「わ、分かりました。気をつけます」

すでにされてます、とは言えず、アイシャは頷いた。

(やっぱり上手く立ち回らないとダメっぽいなぁ)

いくら色仕掛けの覚悟を決めたといえ、気が滅入りそう。

もう一つ気になるのが、ムギの言い回しだった。

彼女は今、『メイドとしての業務の際』と言ったのだ。

アイシャの嘘を信じていれば、そんな表現は使わないだろう。

素性に薄々気づいた上で、お目こぼしをしてくれたか、泳がせておこうと決めたか——。

どちらにしても、一介のメイドの判断ではない。

(でも、ご厚意には甘えさせてもらうしかないか……)

ここで彼女の正体を詮索しても、メリットは少なそうだ。

逆にこの先、利害が一致すれば、協力し合うことだってあるだろう。

アイシャもスッパリ割り切ることにした。

そんな内心を、果たしてどこまで読み取ったのか、ムギは再び微笑みを見せる。

「ご理解いただけたようで何よりです。それではお仕事に入りましょう」

ムギに案内されたのは、洗濯場だった。

ちなみに隣には大きな風呂場まである。同じ水源を使っているのか、こんな砦の地下なのに、どちらも清らかな水がたっぷりだ。

「ここまで立派なお風呂があるなんて、意外です」

アイシャが素直な感想を述べると、ムギは少し声のトーンを落とした。

「まあ、皆の女性は、身ぎれいであることを要求されていますから……」

「あー」

アイシャも一瞬で渋面になった。

そこへ追加の説明だ。

「仕事の後なら、私達もお風呂を使っていいことになっています。でも、あまり時間をかけていると、兵隊さんが来て悪戯を始めるので、注意してくださいね？」

「肝に銘じます……っ」

ムギは頷いてから、途中になっていた仕事の話へ戻る。

「この階には兵舎が二つ並んでいます。アイさんは汚れ物を回収して、ここで洗ってください。乾いたら、私が元の場所へ戻します。どれがどなたのものか、私ならすでに覚えていますので。頑張って集められるだけ集めてくださいね」

そこで彼女は、初めて溜息を吐いた。

「……結構いるんです、汚れ物を出すだけでも面倒くさいって人」

どうやら、これは本気で難儀しているらしい。

冒険者ギルドへ属するアイシャも、荒くれ者のだらしなさは納得しやすかった。

「男所帯だとそんな感じですかねー」

もっとも、ムギは同意されるや、内面を隠すように、わざとらしい笑みを作る。

「チャチャッと集めて、パパッと洗濯する。簡単ですねっ」

「まあ……そうですね」

「洗い終わったら、アイシャさんはしばらく『自由時間』ですから」

自由時間という言い回しにも、ムギは明らかに含みを持たせていた。

追及しないと決めたとはいえ、彼女の謎めいた印象は、強まる一方だった。


「では、私は食堂のお手伝いがありますので」

そう言って去っていくムギを見送った後、アイシャは仕事へ取り掛かった。

やはり、堂々と歩き回れるようになれば、プレッシャーも減る。

(うんうん、自由時間になれば、会議室へも入れそうですしねー)

片付けをメイドのムギにやらせるぐらいだから、打ち合わせに使われた資料だって、テーブルに残っているかもしれない。

何人かは兵がいるかもしれないが、今日の掃除当番は自分だと騙《かた》れば、多分、入り込めるだろう。別のメイドが来てしまったら、手違いがあったと言い張ればいい。

ただ、メイド姿だと思った以上に、休憩中の兵達から、品のない目で見られてしまった。

中にはぶつかるふりをして、尻をさすってくる者もいる。

「ひゃっ!?」

アイシャが驚いて声を上げれば、彼らは「おっとすまねぇ」と口先だけで謝る。

もっと酷い時は、

「ちょっと待て、身体検査をさせてもらう」

などと呼び止め、堂々と身体に触ってきた。

こちらは軽いタッチで済ませてくれない。エプロンの内まで手を突っ込んで、シャツの上からバストを揉みしだいたりする。

「んー、おかしいなぁ？　やけにデカいから、何か仕込んでるのかと思ったがなぁ？」

わざとらしく首を捻りながら、時間をかけて、柔らかさを愉しんでいくのだ。

シャツの下にはブラジャーもあるから、受ける刺激は強くない。

アイシャだって、色仕掛けの覚悟をしたばかりだ。

とはいえ、恥ずかしさを急に全部捨てるのは無理だった。

「う、うっ……いかがでしょうか……？」

彼女は顔を赤らめつつ、相手が満足するのを待って、逃げるようにその場を離れる。

だが、新人メイドという名乗りは、どの兵士にも通用し、どうにか『メイドとしての業務』を進められた。

汚れ物を回収してみれば、ムギの言った通り、何日もほったらかしにされたものが多い。汗染みが黄色くなっているぐらいは可愛いもので、時にアイシャは、身体を弄られた以上の悲鳴を上げてしまう。

「臭っ⁉　何スかこの熟成されきった味わい深い悪夢のような冒涜的な臭気は……！」

――それでも、集められるだけ集めて、洗濯へ取り掛かった。

ゴシゴシ、バシャバシャ。

男の汚いパンツなんて揉み洗いしていると、虚しさも頭をもたげかけるが、作業は丁寧にやっていく。

絞った服を全て干場に下げたら、両腕を頭の上へやって、大きく伸びた。

(よーし、いよいよ『自由時間』っ。漁って漁って、漁りまくろう！)

と思っていたら、一人の兵士が干場へズカズカ踏み込んできた。

「ちょうどいい。お前にしよう」

「え？　な、なんですか？」

アイシャはいきなり出鼻をくじかれ、脱力しかける。

それでも抜け目なく、相手を観察した。男は他の連中より少しだけ身なりがよく、小隊長の補佐という雰囲気だ。

その推測が当たっているのは、彼の次の発言で分かった。

「アイン隊長が、会議の手伝いをするメイドを探してるんだよ。ちょっと来てくれ」

「は……はい」

やや戸惑ったものの、ちょうど会議室へ行くつもりだったのだ。

それに小隊長の会議となれば、大事な話だって聞き出せるかもしれない。

偽メイドとバレる危険も低いと分かったし、むしろ、声を掛けられて良かったのではなかろうか。

(これは……運が向いてきたかもしれませんよー!?)

アイシャは気持ちが浮きたった。


——会議室の中は、盛大に散らかっていた。

床へは書類や本がいくつも落ちており、ふざけたことに酒瓶まで転がっている。

(うっわ、ひどっ……!)

案内してきた兵が隣にいなかったら、声に出していたところだ。

ここで為《な》されていたのは、会議という名の宴会ではなかろうか。

しかし、兵士はいかにも当たり前の顔で言う。

「まずは掃除からだ。急いで済ませてくれ」

その彼が「じゃあな」と出ていくのを待って、アイシャはもう一度室内を見た。

いきなりの惨状で引いてしまったが、これだけおおざっぱだと、重要書類が紛《まぎ》れ込んでいるという期待も、現実味を帯びてくる。

何事も前向きに捉えることにして、アイシャは資料を拾い集め始めた。

「これは……うーん、使えそうにないなぁ。こっちは読むのに時間がかかりそう……」

記憶力には自信があるから、時間さえかければ、おおよその内容を頭へ叩き込める。しかし、もうすぐ隊長が来るとなると、のんびりしてはいられなかった。

(たいしたものは見つからなかったなぁ……。やっぱムシが良すぎたかー)

アイシャは溜息交じりに、部屋の隅の棚へ、集めたものをしまい始める。

――しかし。

三つ目の引き出しを開けたところで、違和感を覚えた。

(お……？)

何やら、奥に余分な空間がありそうなのだ。

それはいわば、シーフの経験に裏打ちされた勘だった。

(おおおっ……？)

引き出しを抜き取って調べれば、思った通り、隠しスペースが一つ造られている。

(ついにビンゴかも⁉)

ご丁寧に小さな鍵までつけられていたが、そんなものは容易《たやす》く開けられた。

しまわれていたのは、地下牢の配置まで含めた、砦の見取り図だ。

会議の内容によっては必要になるが、下っ端にはあまり見せたくない――ということで、こんな風に隠されていたのだろう。

（そうそうっ！　こういうのでいいんですよっ。こういうのでっ！）

アイシャは図面の隅々まで目を通す。

特に気になるのは、地下牢の拷問部屋だった。

隅へ死体を捨てるための穴が造られた極悪仕様なのだが、穴は地下洞窟と繋がっているらしい。

（侵入路としてノーマークなところを見ると、何か問題もありそうですけど、ね……）

そこまでの情報は、見取り図に載っていなかった。通風孔や下水の通り道も不明だ。

しかし砦の構造に限れば、完璧に覚えられた。

他にも、いくつか走り書きがあったおかげで、武器庫を管理しているのがドライ隊長であることや、噂の美人監査官代理が一階の部屋に滞在していることなど、思った以上に色々分かった。

（これは大収穫っ。後は片付けてっと……）

アイシャは見取り図を隠し場所に戻し、他の書類と本も、それらしい場所へ押し込んでいった。

会議室を出ると、さっきアイシャを連れてきた兵士がドアの脇に立っている。

「あっ、お掃除終わりました」

アイシャが言うと、兵は偉そうな態度で、

「ご苦労。だが、まだいてもらわんと困るぞ。俺もよく知らんが、メイドを同席させるように、アイン隊長から言われてるんだ」

「そうなんですね」

アイシャは兵に伴われ、室内へ戻った。

それからほとんど待つことなく、総勢四人の男がやってくる。

先頭にいるのは、赤い金属鎧を着けた大柄な人物だった。年の頃は五十に近そうだが、他の兵と比べて、一段と逞しい。

腰に提げている武器も、アイシャでは引きずることしかできなさそうな大剣だ。

さらに顔立ちは、醜悪ながらも、眼光が髭の奥で射貫くように鋭かった。

この男こそ、アイン隊長だろう。

(絶対勝てないヤツですね、これ……)

もし不意を打てても、分厚い筋肉に阻まれ、一撃で倒せそうにない。となれば、後はじり貧だ。

彼はアイシャを見るなり、ニタリと笑った。

「おお。ちゃんとメイドを連れてきたな」

途端に、戦士然としていると思えた目つきが、卑猥《ひわい》な色を宿しだす。

アイシャは急に肌が粟立ち、嫌な予感を抱いた——。


「——次は領民の不満の抑え込みについてなんですが……と」

会議に出席する部下の一人が、書類を読み上げる途中で言葉を止める。

それをアイン隊長は、横柄に促した。

「どうした続けろ」

「失礼しました。えー、そうそう、特にザマ地区で、若い連中に不穏な動きがあるとの報告がありまして——」

部下は報告の合間に、二度もゴクリと唾を飲む。

その目は生温い笑みを宿しながら、上司よりアイシャへ向けられていた。

彼だけではない。

この場にいる全員が、メイド姿のアイシャを意識している。

「ぁっ……い、いやっ……んんぅぅっ……！」

アイシャが立っているのは、椅子に座ったアインのすぐ隣だった。

そうして会議用のテーブルへ両手を置き、懸命に身体を支えている。

——でなければ、膝が震えてしまいそう。

何せ、紺色の落ち着いた雰囲気のスカートは、アインによって、後ろを腰の高さまで捲《まく》られていた。

フリルとレース地たっぷりのショーツが密着したヒップは、すこぶる滑らかで、その表面を、アインは好き勝手に弄り回すのだ。

「んんぅぅっ……く、ぅっ、ぁ、ふぅぅんっ……！」

彼に軽いタッチで撫でられると、アイシャはくすぐったさに手足が竦《すく》んだ。

翻《ひるがえ》って、掌と五指を押し付けられると、マッサージで解されるような痺れが、双丘《そうきゅう》へ植えつけられる。

愛撫はしつこく、そのくせ、がっつく気配をほとんど見せなかった。処女の身でも分かるほど、女体を感じさせるのに慣れている。

部下達も最初は驚いたものの、すでにこの見世物を愉しみ始めていた。

スカートの前面が垂れたままだから、彼らには隊長の手つきまでは見えないだろう。

が、逆にそれで想像力を煽られるのか、全員鼻息が荒く、目をギラつかせる。

「すぐに兵を送れ。扇動しているヤツを捕え、周りの奴らも適当に痛めつければ、全員おとなしくなるだろう。ついでだ。税として、新しい娘を補充しておけ」

「ははっ、かしこまりましたぁ」

状況は茶番同然なのに、される話は非道なものばかりだ。

アイシャはといえば、どうにか気張っているものの、頭の中がグチャグチャだった。

(見られてる……あたし、お尻なんて弄られてるところ……お、大勢に見られちゃってる！)

こんなのは、考えていた色仕掛けのレパートリーにない。

意識するまいと自分に言い聞かせても、却って指の動きと周囲の視線が気になってしまう。

そのせいか、擦られていない割れ目まで、妖しくムズつき始めていた。

実は脚から力が抜けそうなのも、ヒップへの刺激以上に、膣内で脈打つ悩ましさが原因だった。

せめて男達の視線から目を背けようと、赤らんだ顔を伏せてみる。それでも興奮はダイレクトに伝わってきた。室温まで、徐々に上がってきているようだ。

「では、次の議題です」

「ふむ」

アインは相槌を打った直後、手をアイシャの太腿の間へ割り込ませてきた。

ショーツ越しではあるものの、柔軟な秘唇を、太い中指の腹で押し開ける。

「ふぃっ⁉」

ムズついていたところを強く圧されたために、アイシャの切なさは加速度的に膨らんだ。まるで尻弄りで延々と溜め込まれたものが、一つの刺激をきっかけに爆《は》ぜたよう。

「あっ⁉　ん、くぐっ⁉　な、何でっ、こんな……っ⁉　やっ、ぅんんっ！」

アイシャは危うく突っ伏しかける。

相手が尻に狙いを絞り、部下まで使って羞恥心を煽ってきたのは、全てこの準備のため――ということすら、考える余裕がなかった。

そして責め時とみれば、上手な指遣いは秘所へ集中だ。ショーツのクロッチを押しのけ、割れ目を直に摩擦し始める。

さらに難なく見つけ出した小さな膣口《ちつこう》へ、中指の先を食い込ませた。

そこから小刻みな振動へかかれば、暴力的とさえ思えた出だしの痺れが、長く持続してしまう。

「ひゃうぅっ⁉　っ、っ、うぅうぅんっ⁉」

アイシャも呻《うめ》きに、同じリズムのビブラートがかかった。

「待ってくだ、さっ……んいぃっ⁉　は……んぁうぅっ⁉」

彼女は濡れた視線を泳がせてしまい、意識から追い出そうとしていた周囲の視線まで、真っ向から見返してしまう。

兵達は皆、昂っていて、舌なめずりしている者までいた。真面目な話と卑猥な悪戯のギャップを、余興として面白がっているのだ。

「は、ぁうぅうんっ⁉」

好色な目線の集中砲火に、アイシャの蜜壺内の疼きが強まった。

「やっ……ぁうぅふっ！」

もう一度顔を伏せて、ヘッドドレスを振り落とさんばかりに頭を振りたくる。

そこへアインの嘲弄だ。

「そんなに嫌か？　だったら、こういうのはどうだ？」

指のバイブレーションが、唐突に止まった。しかし、代わりに小陰唇の合わせ目へ沿って、ネチネチした往復が始まる。

「ふ、ぅ、ぅうんんっ⁉　あの……ぉっ、これってぇ……⁉」

緩やかな摩擦は、秘所の芯へ染み込んで、抗《あらが》う心を絡め捕ろうとするかのようだ。

アイシャは歯を食いしばり、さらに四肢を固くしなければならなかった。

「う、ぁうぅっ……く、んぅうっ……！」

息んでいるところへ、またもアインの声が来る。

「もうびしょ濡れだなぁ？」

「んんぅうっ……⁉」

それは紛れもない事実で、割れ目ははしたない水音を立て始めていた。

アイシャはそれを、ずっと聞かないように努めていたのだ。だが本当は、ヌルつく感触だって、否応なく感じ取っている。

ドクン！

隊長の指摘によって、心臓も大きく弾んだ。その一瞬、スローペースのはずの愛撫でさえ、秘所は焼けんばかりに感じてしまう。

喉も勝手に痙攣《けいれん》し、高い声を押し上げた。

「はぅん……っ⁉　ぃ、いぇっ、あたしっ、そんなことは……ぁンぅっ⁉」

弁解の途中で、バイブレーションの復活だ。今度は膣口より奥へ侵攻し、嘘は許さないとばかり、深い場所をグチュグチュ揺さぶる。

火照った襞の一枚一枚が、もはや隊長の玩具だった。

「や、やはぁあうっ⁉　んんぅっ！　ひ、ぅうあっ、はぅううんっ⁉」

四人の一般兵にも見物されながら、アイシャは唇を噛みしめて足掻く。

愛撫はそこから、また緩やかになった。少しの間を置いて、凶悪に変わった。

緩やかに、凶悪に。緩やかに、次いで凶悪に。

まるで卑猥な波状攻撃だ。

アイシャは何度も、声を抑えきれなくなる寸前で、苛烈なバイブレーションから解放された。

おとなしい指遣いに慣れかけたところで、不意打ちの動きに痙攣させられたりもした。

明らかに隊長は、そうやって獲物の我慢を突き崩そうとしている。

「ぁうぅふっ！　ぃひぅっ！　ひぅうんっ⁉　ん、くっ……？　はっ、うぁああうっ⁉」

「……会議を続けんか」

「はっ……えー、次は皆の食料の件です……っ」

中断されかけていた報告も進みだした。

とはいえ、そこへ弾ける寸前の呻きと水音も割り込んでしまう。

「おいおい、今は会議中なんだぞ？」

「は、ぁうぅっ……すみま、せんっ……でもっ、指がっ……あんぅううっ⁉」

アイシャは自分でも気づかないうちに、尻を揺さぶりだしていた。諸共《もろとも》にエプロンも弾み、それをユサユサ踊るバストが、下から押し上げる。

何より、アイシャが可愛い顔を真っ赤にしている様は、男達を興奮させた。

隊長の指だって、激しい動き一択になっている。

加えて、ずっと秘唇へ触れてこなかった人差し指まで、割れ目の上端へあてがわれた。

今度の狙いは陰核《いんかく》だ。

その小さな肉の突起は、尿道口よりさらに上の位置で、包皮に守られている。なのに、今や指戯で肥大化し、包皮からはみ出しかけていた。

隊長はその皮を剥《む》き、糸引く愛液を突起へまぶす。

後は周囲を、グルリグルリと縁取った。

その始まりの時点で、アイシャの疼きは飛躍的に強まっている。

股間から脳天まで突き抜けた挙句、勢い余って、意識を身体から弾き飛ばしそうだ。

しかも連動するように、中指のやり口まで派手になった。こちらは処女膜を引き裂きかねない蠢き方。にもかかわらず、男を知らない膣肉へ、二度と取れなくなりそうな熱い痺れを擦り込んでいく。

アイシャは悲鳴を堰き止めきれず、むしろ、我慢し続けた反動の大音量を、会議室にこだまさせてしまった。

「ふぁあああっ⁉　なっ、ぁああっ⁉　何これぇっ、何これぇえっ⁉　あたしっ……こんなの知りませんぅうっ！　だ……だ、駄目っ⁉　ダメだめ駄目ぇえっ⁉」

膣内をかき乱すのは、絶大なオルガスムスの前兆だ。

しかし、自身がどうなっているのか、アイシャには理解できなかった。

彼女も性のエクスタシーぐらい、知識としては持っている。それでも間近へ迫られると、怒涛《どとう》のうねりに理解が及ばない。

「ぁあぁあっ、何か来てますぅうっ⁉　あたしの中っ、凄いの来ちゃいますぅううっ！」

アイシャは官能の嵐に圧倒されて、もう男達がどんな話をしているかすら把握できない。

「ですので隊長、今年は長雨により、不作となりそうな予測が出ておりまして……」

「ふん、取り立ての時はお前らも同行しろ。文句を言う連中は力で黙らせて構わん」

「無理ですぅうっ！　あたしっ、これ以上はっ……ぁああっ⁉　ひぁはぁああっ⁉　来るっ！　来ちゃうっ！　すごいの来ちゃううぅううっ⁉」

アイシャは天井を仰《あお》ぎ、声と一緒に溢れる涎で、愛らしい唇をヌラヌラ汚していた。他の場所も汗びっしょりで、細めた目からは涙を垂れ流しだ。

甘酸っぱい性の匂いも、締め切られた会議室にジットリまき散らす。

限界だった。

もう抑えきれない。

来る。凄いものが秘所の奥で爆ぜてしま――、
その寸前、指がクリトリスから離れた。

「うぁっ⁉　ぁ……え……っ⁉」

助かったと安堵するより、アイシャは足元へポッカリ穴が開くような虚脱感を覚えてしまう。

もっとも、隊長の指は完全に止まった訳ではなかった。膣口の粘膜を、中指がねちっこく捏《こ》ね続けている。

だから、神経のけば立つような痺れも胎内で増産され続け、偽メイドをエクスタシーの手前に足止めし続けた。

「ど……うしっ……てぇっ⁉　あ、んぁんぅうっ⁉」

アイシャもつい、物欲しげな声を漏らしてしまう。すがるように見れば、アインは椅子の上からねぶるような視線を向けてきていた。

「駄目というから、手加減してやったんだがなぁ？　それとも……！」

言葉の途中で、再び指が波打ちだした。

「ふぁあああっ⁉」

「どうだ⁉　イキたいのかっ、んんっ⁉」

「んはっ、ひぁあはんっ⁉　や、ま、またぁぁあっ⁉」

アイシャは雷じみた『快楽』に、理性を打ちのめされる。

快楽――それをもう、彼女も否定しようがなかった。

気持ちいい。嫌なのに、気持ちいい。

見られながらかき回されると、狂いそうなほど気持ちいい。

この熱さが絶頂の前触れなのだと、とうとう彼女も自覚した。

なのに――。

「んぁっ！　ぃひぁああっ⁉　……んあう⁉」

またもアイシャが果てる直前、責めがガクッとペースを落とす。

そして、彼女の呼吸が整うより少しだけ先に、容赦ないやり方へ立ち返る。

人差し指が陰核を弾き、中指が膣内を穿《うが》ち。

目覚めてしまったアイシャの肉体は、獰猛《どうもう》な動きであっても、全て悦楽と受け止めてしまった。

「んはぁああっ⁉　あぁあっ、やぁああっ！　こ、こんなの続いたらぁっ、あ、あたしっ……おぉかしくっ、なっちゃいますからぁあっ！」

――結局。

アイシャはイクことも解放されることもないまま、会議の間中、翻弄《ほんろう》され続けた。

昼過ぎに始まった会議がようやく終わったのは、日が落ちて、少し経ってからだった。

「はぁっ……はぁっ……ぅ、くふっ……はぁぁ……っ」

議題が片付いた時、アイシャは息も絶え絶えになっていた。

床にへたり込みつつ、手だけをテーブルの端にかけて、肩は大きく上下させる。

伏せた顔は、病で浮かされたように赤く、スカートへ落ちる目は、艶っぽく潤みながら、焦点が微妙に合っていない。

口はしどけなく半開きだった。

彼女は一度もオルガスムスへ達していない。

責められ、焦らされ、愛撫が終わってもまだ、痒みを何十倍にも強めたような感覚が、秘洞内で蟠る。

(で、でも……やっと終わった……ぁ)

あまりに長く続いたので、もどかしさに開放感という反対の二つが、変な具合で混じり合っていた。

しかし——グイッ！

彼女はいきなり背後から抱き起こされる。

「ふや……っ、な、何っ……⁉」

力の入らない上体を傾ければ、気づかないうちにアインが真後ろへきていた。

彼の力強い手は、アイシャの上半身をテーブルの天面へ投げ出す。

「んぁあっ⁉」

身軽な彼女も、今の状態では受け身すら取れない。巨乳を身体の下で潰してしまう。

たわわな膨らみは鈍痛で占められ、それが先端の乳首で、突き刺さるような痺れへ変わった。

「こ……これ以上、どうする気……なんですか……っ？」

かすれ声で問うアイシャに対し、隊長はひたすらサディスティックだった。

「このままじゃ物足りなかろう？　俺のチンポで最後までしてやろうと思ってなぁ」

「いっ……ええ⁉」

アイシャは心臓が大きく一打ちした。

そこから鼓動は鎮まることなく、どんどん速まる。秘所で渦巻く悩ましさも、セットで強まった。

しかし、ここで彼に抱かれたって、色仕掛けの効果なんてない。

一方的に好き勝手されるだけだし、認めたくはないが、自分の方が骨抜きにされそうだ。

第一、何人もの兵に見られながら処女を奪われるなんて、身体を張る決意をしたつもりでいても、ダメージが大きすぎた。

「やだっ……や……い、いぇ……結構、ですから……」

アイシャは少しでも相手から離れようともがく。

しかし、正面には大テーブルがあった。掌で木製の表面を擦るアイシャのメイド姿は、部屋に残る男達のゲスな笑みを誘う。

隊長も易々《やすやす》と彼女のスカートをめくり、ショーツのクロッチを横へズラした。

ヌチュッという微かな水音と共に、生温い空気が秘所へ当たる。

続けて、濡れそぼつそこへ押し付けられたのは、もはや指ではなかった。

もっと太くて、硬くて、熱い――生娘のアイシャでさえ見なくても分かる、男の逞しい屹立だ。

「ひ……あぁっ⁉」

今にも急所を貫かれそうで、アイシャは焦り、慄《おのの》いた。

「やだっ、待ってくださいっ……せめてっ……そうっ、レクリエーションルームでっ、二人きりになってから……とかっ！」

その懇願に、隙を見て逃げようという冷静な計算は皆無だった。

ただ、人目を避けたく、貫かれるのを少しでも先送りにしたいだけ。

しかしアインは容赦してくれず、ペニスで膣口を押し開きにかかった。

「は、ぅううっ⁉」

脆い粘膜へかかる亀頭の重みに、アイシャは全身を竦ませる。

そのまま処女膜は、何秒もかけてジワジワと貫かれた。

にもかかわらず、押し寄せてきたのは、問答無用の圧迫感と、引き裂かれるような痛みだ。

その大きさたるや、喪失感を抱くゆとりさえ持てない。

ずっと官能神経をざわめかせていたもどかしさすら、即座に消し飛んだ。

「あ……くっ……⁉　つぁあいひっ⁉」

皮肉なことに、膣肉の初々しい収縮が、のたうつ牝襞とペニスの摩擦を強めてしまう。

しかも、肉竿はまだ半分以上も外に残っていた。

アイン隊長の腰が進めば、怒張の切っ先も、脈打つ肉壁《にくへき》をグイグイ押しのける。

後を追いかけ、亀頭と直結するエラまでが、一層の幅で肉穴を拡張だ。

「っ、くぅあっ、は、ぁ、ぅううっ⁉」

「むっ……くぐっ！　お前、やっぱり初めてだったなぁ！」

アインも勝ち誇った呻き声を上げていた。

そこから時間をかけて、怒張はようやく、子宮口近くにまで行き着く。

「ふぁっ……やっ、奥っ、あたしの奥がっ……ぅぅうっ⁉」

終点の肉壁は、分厚い弾力に満ちていた。縮こまっている濡れ襞と違って、亀頭の先もグニッと押し返す。

だが、そんな儚い反撃は、相手を悦ばせるだけだ。

「おっ、ふっ……大した締め付けだな、俺のものが捩じれそうだぞ！」

奥まで来たのに、アインはさらなる力強さを上乗せしてくる。

それが最深部をも貫通しそうで、アイシャは背筋を反り返らせた。

「っ、くぅうあぁあんっ⁉」

解き放たれた喘ぎ声も、姿勢と相まって、遠吠えめいている。

それをＢＧＭに、アインは腰で『の』の字を描きだした。無遠慮な円運動で、襞という襞を開拓し、熱い切迫感を流し込んでくる。

「うっ、ぁあああっ⁉ ま、まだ動かさないでくださいぃいっ！」

アイシャは哀願した。

だが、上手な指遣いにさんざん捏ねくられた後だから、彼女の襞は、早くも破瓜の痛みの陰に、官能の痺れめいたものを抱きつつある。

アインも願いを聞き入れてはくれず、ペニスをズリズリ後退させ始めた。

「は、ぁぁあああっ⁉」

彼の動きは緩慢だが、その分、矢の返しと似たエラが、周囲を入念に撫でる。時折、速度をさらに落とし、一回、二回と円運動を交えては、膣内と硬い肉幹を慣らしていった。

アイシャもそれにやられ、鈍い痛みと過度の疼きが、肉壺内で混じってしまう。

痛いのに気持ちいい。

痛いのに——気持ちいい！

テーブルから浮いていた彼女の上半身も、牡肉の動きで引っ張られ、カクッと真下へ倒れ込んだ。後は硬い平面へ頬ずりしながら、あられもないよがり声だ。

「や、やっぱりだめぇえっ！　擦れるっ、凄いのがいっぱい動いててぇえっ、ぁああっ！

あたしの中っ、どうにかなっちゃうぅううっ⁉」

さんざんアイシャを鳴かせた上で、亀頭はようやく、膣口へ差し掛かった。

と思いきや、予告もなしに方向転換して、再び膣内を突き上げてくる。

しかも、今度はハンマーさながら、最深部まで一直線に打ち抜いた。

ズブズブッ！　ズププブゥウッ！

「い……ひゃぁあぁはあぁあっ⁉」

アイシャも淫熱《いんねつ》に竦み上がり、

「いっ……かはっ……っ⁉　ひ、おっ……ぅあぁうぅうっ！」

終点でペニスが止まってもまだ、目の前で火花が散り続ける。意識自体、何かが焼き切れたように、ホワイトアウトしかけてしまった。

一方、尻ははしたなく浮き沈みして、ずっぽり嵌ったペニスを揺さぶっている。

「おっ！　おっ……！　いい反応だっ！　お前には淫乱メイドの素質があるぞ！」

アインは怒張の角度を膣内で鋭くし、パンクしそうな亀頭を、濡れた牝粘膜へ押し付けた。

しかも、アイシャから僅かに力が抜けたと見るや、同じリズムの抽送《ちゅうそう》を連発し始める。

つまり――ゆっくり抜いてから、激しく打ち抜いた。

ズルッ、ズズッ……ズブブブッ！

ノロノロ引いて、奥まで突き入れた。

ズヂュッ、ズッ、グプブッ……ヂュブブブゥッ！

緩慢な後退は、膣肉を逆撫でし、着実に牝襞へ快感を教え込んでいく。

苛烈な突貫は、疼きを落雷じみたものにまで強める。

メリハリの利いた腰遣いに、アイシャもひたすらむせび泣くしかなかった。

「ぅぁあああっ⁉　ぃっ……ぁっ……おっ、ひぁあやぁああっ⁉」

やがて、十何回目かの往復をしたところで、不意にアインが動きを止める。再び時間をかけて、粘着質の円運動だ。

「うぁっ……ぁぁあはっ……っ⁉」

しかし、アイシャの受ける感触は、さっきと違っていた。

緩い動きは肉壺へ特によく馴染み、自分で嬲ってきたくせに、煮え立つ襞をよしよしと撫でていくみたいだ。

苦しさはほぼ消えて、その分、悩ましさが膨らんだ。

その変化を見抜いたように、アインが聞いてくる。

「どうだ？　初めての男の感触は？」

「ぅ……あぅうっ……」

アイシャは即答できない。

受け入れても、逆らっても、もっとすごいことをされてしまいそう。

打ちのめされた彼女がすぐできるのは、目をきつく閉じて、汗だくになった顔をフルフルと横に振ることだけだった。

とはいえ、隊長は返事がなくても、ククッと含み笑いを漏らす。

「だんだん良くなってきてるんだろうっ？」

「そっ……そんな……ことはっ……ふあぁぁあっ⁉」

「なら、お前が感じてるように見えるかどうか、あいつらに聞いてみようじゃないかっ？」

隊長はのしかかるようにして、アイシャの両肩を捕まえる。後は腕力にものを言わせ、伏していた女体を一方的に抱え起こした。

「つ……うぅぁっ⁉」

アイシャの顔もテーブルから浮き上がり、反射的に正面を見てしまう。

潤む視界に入るのは、兵士達の笑みが四つだ。

さらに耳へ、ケダモノめいた声が滑り込む。

「こいつ、隊長に抱かれて、すっげぇ嬉しそうですぜ！」

「ええっ、チンポ入れられたのが、気持ちよくて仕方ないって蕩《とろ》け顔ですワっ！」

今や実体のない声にまで、アイシャは肌を撫で回されるようだった。

「ち、違いますっ！　あたしっ、感じてませんっ！　お願いだから……ぁっ、こんなのっ、もぉ見ないでぇえっ⁉」

もはや迷うゆとりもなく、彼女は訴えた。

だが、その願いと反対に、叫んだ弾みで下腹に力が入ってしまう。

窮屈な秘所は一層締まって、牡肉との接触を濃密にした。

アインもそれを加速させるつもりなのか、律動を強く変える。

挿入と同じ速さで引っこ抜き、一直線にねじ入れるのだ。

「ひあぁあはぁあっ⁉　ぁんっ、や……だっ、やぁあっあぁあんぅふっ！」

アイシャは牝襞が火を噴くようだった。引っ張り起こされた体勢で、背中が折れんばかりに顎を浮かせてしまう。

「そぉらっ！」

「ふぁあうっ⁉　あっ、ひぅぁああっ⁉」

後ろから突き飛ばされ、彼女は咄嗟に前へ両肘をついた。

そこへまたペニスを打ち付けられて、身体全体が前後へ揺らぐ。

「ふぁああっ⁉　ひあっ、ぁああんっ！　奥にっ、奥がっ、ぁああっ！　待ってくださいっ、こんなのっ、つ、突き抜けちゃいますからぁあっ！」

喘ぐ間に、腰の裏で結ばれていたエプロンの紐が、シュルリと解かれた。さらに肩の紐も腕の両脇へどけられて、清潔な白い布地は丸ごとずりさがる。

「んっ……はっ、やっ、今度は何を……っ⁉」

「こうするんだよ！」

表へ出てきた紺色のシャツの前面は、一列に並んだボタンで留められている。

それをアインは両手で掴み、ブチブチブチッ！

力任せに開いてしまった。

淫猥《いんわい》な視線が集中する中、豊満な胸元が露わとなる。

しかも出てくるや否や、元からサイズが合っていなかったブラジャーは、カップの位置をずらして、守るべき乳首まで披露した。

乳房の方も、ピストンで嬲られるがまま、前へ後ろへユサユサ踊った。

特に振れ幅が最大となった瞬間なんて、アイシャは見えない手で引っ張られるように大きな丸みの根元が痺れる。

兵達からも歓声が上がっていた。

「思った以上にでけぇっ！」

「いい眺めじゃねぇかっ、なぁっ⁉」

責めるアインは、巨乳を外へ出すだけで済まさない。

右手をアイシャの腰へ戻しつつ、左手で片方のバストをしっかりホールドだ。

そのまま女体を抱き上げ直し、乳首を強く摘まんだ。小さなピンクの一点に、焦げつくような快感を集中させてくる。

「んぁあっ⁉　おっぱいがっ……あっ、あっあっ……そんな一度にされたらっ……あ、あたしぃいっ、バラバラっ、なっちゃいますぅううっ⁉」

「ふん、さっきから口答えが多いな？　俺に指図できる立場か？」

グニッ！

まるでお仕置きのように、乳首が捩じられる。刺激は鋭い痺れへ変わり、それがまた、今のアイシャには気持ちいい。

「んふぁああっ⁉　ご、ごめんなさいっ、すみませんぅううっ！」

アイシャは許しを乞うが、その間に、自分も腰をぎこちなく行き来させていた。力の入らない足で踏ん張って、カクッカクッと不規則に動くのだ。

アインもそれを利用して、結合に幅を持たせだした。

アイシャが尻を彼へ差し出すタイミングで、怒張を深く突き立てる。

逆に秘所が前にスライドした時は、ペニスも猛スピードで後退させて、襞を獰猛に撫でていく。

アイシャは酒を飲まされたかの如く、意識が朦朧《もうろう》となっていた。

もはや、自分でも何を口走っているのか分からない。

「ふぁああっ！　すごいぃいっ⁉　あたしっ、犯されてるところっ、みんなに見られちゃってるぅうっ！　いやぁぁあっ、見られて気持ちいいなんてっ、変態なのにぃいあぁっ！」

叫ぶほどにボルテージは上がっていった。

「犯されるのを見られて、そんなに嬉しいか！　なら、もっと俺も応えてやらなきゃな⁉」

　ズブブッ！

「んうあぁああっ⁉　んひゃぁうぁぁあっ⁉」

　殊更《ことさら》に強く急所をほじられて、アイシャは己の中で何かが開くのを感じた。

　惚《ほう》けていたって、もう分かる。それは絶頂の前触れだ。

　しかも会議中の焦らしプレイ時より、ずっとずっと強い。

　もしも達してしまったら、身も心も消し飛んでしまいそう――と、そんな予感すら抱く。

　とはいえ、アイシャは慄く間もないまま、隊長の抽送でよがり続けた。

　彼女の膣内は、隅々まで悦楽一色だ。どこをどう抉られても感じてしまう。

「来るのぉっ、来ちゃう来ちゃうっ！　き、来ちゃいますぅうっ！　すごいのがっ、あぁあっんあぁぁあっ！　身体の奥からっ、おちんちんのぶつかってくるところからぁあっ！　来ちゃうぅうっ！」

「くっ、ふふぅっ！　初めてでイクとはなぁっ！　お前は素質どころか、とっくに立派な淫乱メイドだよっ！　だがいいぞっ！　皆の前で好きなだけイッてしまえっ！　俺もっ、お前の中で出してやるっ！」

　アインもラストスパートへと入った。

テクニックより己の快感を優先し、思うがままに腰を振る。

短いストロークで膣奥《ちつおく》を滅多打ち、己の鈴口をグニグニとひしゃげさせた。

あるいは力いっぱい腰を引き、勢いを乗せて突進してくる。エラは捲れんばかりだし、アイシャも襞が裏返りそうだ。

「ぁぁあああっ！　駄目ぇえええっ⁉　来るぅうっ、イクっ、来るぅううっ⁉　ぅあたしぃいいっ、イッ、いっ……クッ⁉　ふぅぁあっ、イッちゃいますぅううっ！」

愛液まみれの襞をやりたい放題されて、喜悦《きえつ》は連続で破裂した。

ついにアイシャは生まれて初めて、オルガスムスの一線を踏み越える。

その体験は、爆発というのすら生易しい。

「いっ、イクぅううぅぁぁぁぁあはぁぁあああやぁああ――――っ！」

いくつもの視線を意識しながら、痴女のような昇天だった。

狭い秘所も極限まで狭まり、とどめに奥まで入った肉棒を、情熱的に抱きしめる。

それがアインのスイッチまで入れて、彼はペニスを押し出す姿勢のまま吠えた。

「く、おっ、出すぞっ、受け止めろ……っ！」

「ぁ……はっ、はひぃいぃいいいいっ！」

アイシャも首をガクガク上下させ、宣言を受け入れる。

次の瞬間、綻びかけていた鈴口が決壊した。

ビュクビュクッ！　ビュブッ！　ドプッ！　ビュブププゥッ！

剛直は密着する子宮口へ、多量の白濁を送り込む。

アイシャも痙攣の上に、また痙攣だ。

「ふぁあんっ⁉　ぁあっ、出てるぅううっ⁉　あたしの中でっ、せぇえきっ出てっ……るぅううっ⁉」

「ああっ、分かるなっ⁉　今、俺はお前の中でイッてるぞ！」

「あ……あっ……んぁぁあ……はぁぁああ……っ！」

アイシャは返事できなかった。

ただ、強烈《きょうれつ》な法悦に溺れ、虚《うつ》ろな涙目を室内に彷徨《さまよ》わせ続けるのみ——だった。

「ふぅっ、良かったぞ。お前の締まりは素晴らしいな」

アインが満足げに逸物《いちもつ》を引き抜いても、アイシャはまだ人間の言葉を吐き出せなかった。

「はひっ、ぃ……ひっ、ぁぁ……ぁぁ……ひぃぃっ……！」

上半身をテーブルへ倒し、肩を上下させる彼女の顔は、会議の後よりだらしない。

開いた口から弛緩した舌まで覗かせ、オルガスムスの余韻へ浸るというより、今も異物を咥《くわ》え込み続けているかのようだ。

テーブルの下では、脚が危なっかしい内股で、尻を硬い床へ落としそう。

割れ目からはザーメンがこぼれ、ショーツの裏地へこびりついていた。

予想の及ばない状況と悦楽に、破瓜も、絶頂も、どこか別世界の出来事みたい。しかし、甘くて苦い夢うつつはそこまでだった。

誰かに頬を軽く叩かれて、アイシャは現実へ呼び戻される。

「ぅあ……はぇ……っ……？」

惚けた声を漏らしたところで、部下へ向けたアインのセリフが、耳朶《みみたぶ》をかすめた。

「――気晴らしもいいが、一人一回までにしておけ。仕事中だからな」

途端に意識がはっきりして、さっきまでテーブル越しにいた四人の男が全員、周囲へ集まっていることに気づく。

「了解ですよ、へへへ……」

男達はまるで、餌へむしゃぶりつく寸前の狼だ。

アイン一人だけが、すっきりした顔で会議室を出ていった。

これから何が始まるかなんて、言うまでもない。

「ぁの……あたし、もぅ無理です……。全然力が入らなくて……だから……」

かすれ声のアイシャへ、計八本の腕がいっぺんに伸びてくる。

虚脱しているのを抱き上げて、すでにボロボロだったメイド服を破り。

そして手に続き、半裸の肢体へ突きつけられたのは、四本もの勃起ペニスだった。

第三章　アイシャ、誘惑を頑張る

「はぅうんっ!?　んぁうっ、ひぅっ、ふぁううんっ！」

会議室の中で、アイシャは兵達から弄ばれ続ける。

長いスカートの両脇なんて、裾から腰周りにかけてを、剣で切り裂かれていた。

その形はドレスのスリットと似ているが、断面がズタズタのため、無残さは比べ物にならない。ニーソックスの張り付く長い脚どころか、ショーツが残った尻まで丸見えなのだ。

さらにブラジャーのカップを繋ぐ紐が千切られて、支えをなくした二つのカップは、身体の両側でブラブラと揺れていた。

アイシャはそんなだらしない格好で、仰向けに寝そべる兵士のペニスを、秘所へ迎え入れている。

体位は馬乗り。いわゆる騎乗位だ。

もう抵抗なんてできなかった。

寄ってたかって抱き上げられ、肉棒を割れ目に捩じ込まれた時点で、アイシャの気持ちは諦めに振り切れている。

せめて、アイン隊長が言っていた一人一回のノルマを、早く済ませたい。

そんな考えから、乏しい知識に頼り、男達を満足させることへ徹する。

「くぅうんぅっ！　んぐっ、は、ぁ、むぅううっ⁉」

やるのが騎乗位となれば、疲れて力の入らない足腰を使う必要があった。

絶え間ないピストンは難しいので、アイシャは落としたままの腰を、前後へグラインドさせる。

股間を前へずらせば、中で傾く肉棒が、濡れ襞にグチョグチョ引っかかった。

後退すれば、怒張の根元へ掛けた重みで男を昂らせながら、自分も反対側の牝粘膜をほじり返される。

「はむぅうっ！　んぷっ、ひぅううっ！」

冒険者生活で鍛えられた下半身の筋肉は、今も秘所にきつさをもたらし続けていた。

気を失う寸前になってもまだ、牡肉を強くかき抱くのだ。

その猛烈な摩擦で、アイシャは男より先に達してしまいそう。

溢れる愛液だって、ロストバージンの僅かな血を洗い流し、媚びるように男の下腹まで濡れ光らせている。

しかも、緩やかな動きばかりだと、下の兵士は途中で物足りなくなるらしい。アイシャの下半身に添えた手を、急に荒っぽく動かすことがあった。

具体的には、腰の括れを押さえつけ、ヴァギナを上下に揺すりだす。

ガクガクッ！　ガクッ！　ズポッ！　グプッ！

「ふぁああんっ⁉　ひぅっ、はぅううんっ⁉　ひゃめへぇぇえっっ⁉」

こうなると、アイシャは牝襞をますます攪拌されて、終点の肉壁も続けざまに突かれてしまう。

悶える彼女が前へ倒れないのは、背後で膝立ちとなった男に、乳房を揉まれているからだった。

が、相手にアイシャを可愛がろうなんて意図はない。汗ばむバストの柔らかさと、乳首のしこった硬さとを、身勝手に味わうのみである。

まれに弄り方を変えたりするものの、それもピンクの突起をつねって、

「ふぐうっ⁉　いた……いっ、ぁっ、ぁううんっ！」

アイシャのむせび泣きに、聞き惚《ほ》れるのが目的だ。

さらに左右へ立つ男が、紅潮したアイシャの顔へ、屹立を突き出す。

アイシャはそれらを両手で扱き、口でも交互にしゃぶらされた。

節くれだった竿は、揃って我慢汁でヌルついて、握ると掌まで溶けるよう。

味蕾《みらい》にも、しょっぱさを絡みつかせる。

アイシャだってフェラチオなら知っていたが、好きでもない異性の排泄器官を咥える情けなさは、頭で考えるよりずっと大きかった。

生臭さも鼻につき、自然に喉がえずきかける。

それでもここを切り抜けなければ、砦からの脱出は叶わない。

彼女は血管まで浮いた凶暴な肉幹へ、しっとり濡れた唇を張り付かせる。位置のズレたヘッドドレスを揺らしながら、顔と肩を往復させて、快感を念入りに注ぎ込んでやる。

「ひぅっ、むぅうふっ、んじゅっ、じゅるるっ！」

左右の二人は、せめて手と口だけでイカせたい。

このやり方で済ませられれば、秘所へは入れられないはずだから。

アイシャはそうやって己を励まし、先走り汁の粘着ぶりに耐えた。むしろ、ヌメりを舌でこそぎ取っては、亀頭といわずエラといわず、触れる全てに塗り直してやる。余った分は、白い喉を波打たせて嚥下《えんげ》する。

「んくっ……コクンッ！　んぁふっ、ひ、むっ、ふぷぷ……っ！」

彼女の従順さで、男は図に乗ったのか、さらなるリクエストだ。

「へへっ……もっと速く動いて、舌も上手く使ってくれよっ。おっ……！　そうそうっ、そんな風に先っちょを、さ……っ！」

「はひっ……ん、んちゅっ、じゅるるっ！　れろっ、れろぇおおっ！」

言われた通りに、アイシャは舌遣いのバリエーションを増やした。

自分が指で陰核へやられたのを真似て、粘膜塊の外周を、舌表面のザラつきでグルグルなぞってみる。一際ヌルつく鈴口を、こじ開けてやったりもする。

「ひむふっ！　ん、ぶふぅうんっ！」

併せて、唇の往復ペースまで上げたため、喉すれすれをほじられ、唇の裏も熱いエラに打たれてしまった。

やりすぎた、と後悔するものの、止めるわけにはいかない。

続く懸命な動きに、唾液と先走りのブレンド汁は外までかき出され、糸を引きながら巨乳へこぼれた。

この間に、手コキもやっている。

「んむっ、ひむっ、んくぅうふっ！　ぅあっ、んふぅうっ！」

彼女は根元からカリ首までを中心に扱き、時折、脆い粘膜の段差を踏み越えては、亀頭まで揉み解した。

「んじゅっ、ぅっ、ふぅうんっ！」

四方へ張り出すカリ首をまたぐ際は、自分も手の縁と掌を小突き返される。そのむず痒さが薄れないうちから、弾力たっぷりな亀頭を変形するほど捏ねる。

だが、こちらの男の欲望にも、果てはなかった。

「気持ちいいけどさっ、そろそろこっちも咥えてくれよっ」

「ん、ぷはっ……！　は、はいっ！　ぁあああむぅふっ！」

アイシャは目の前のペニスを吐き出し、握っていたペニスをしゃぶり直す。こちらでも同じように、汗みずくの赤い顔を行き来させる。

口と離れたペニスは、すかさず手で扱いた。

ヌチュッ、グチュッ、ブチュッ！

「おふっ、くっ……お前は本当に淫乱メイドだなっ。俺達も保証してやるよ！」

「んくっ！　うっ、ひぅううっ！」

アイシャは目をきつく閉じ、悔しさと息苦しさに耐えた。

それでも下からの突き上げが強まるたび、ペニスを吐き出してしまう。

そんな時は必ず、男が腰を突き出してきて、口を塞ぎ直した。

「んぐふぅううっ⁉　ぷぁっ、ふぁあっ⁉」

「んふぷっ⁉」

「ちゃんとやれって！」

「はぅうんっ⁉　ふぁっ、ふぁひぃいっ！」

呼吸困難は少しも解消されず、むしろ勢いを乗せた亀頭に突貫されて、アイシャは一層強張ってしまう。

だが、弾みで強まる密着感に、兵達は大喜びだ。

「おっ、うっ！」「これっ、すげ……ぇっ！」

そんな蹂躙を繰り返すうち、欲深い彼らにも絶頂が近づいてきた。

女体を嬲る三本のペニスは、どれも逞しく伸び上がり、特に膣内では、子宮口まで打ち抜かんばかりに反り返りだす。

さらに硬い床へ寝ているにもかかわらず、彼は腰を猛スピードで浮き沈みさせ始めた。

「くおっ！　どうだっ⁉　なあっ、これっ、気持ちいいだろっ⁉」

「ひむぅふっ⁉　んぐっ、あむっ、じゅずずっ！　ひゅごぃっ、はっぶっ！　ひぉううっ⁉」

アイシャが答えられないと分かっているのに、猛々しく質問だ。

ジュボッ！　ズボッ！　グポッ！　ヌブッ！

かき鳴らされる水音も催促じみており、腰を掴む両手までノンストップとなった。

「やぅううっ⁉　んひっ、ぅぷぶっ⁉　むぢゅっ、ひぁうぅうっ⁉」

子宮口へのノックは目まぐるしいし、カリ首も周囲の襞を上へ捲っては、下へと引っ張る。

怒涛の突き上げに、アイシャは身体だけでなく、意識まで滅茶苦茶にかき回されてしまった。被虐的な刺激の連続に、息苦しさまで、気持ちいいと誤認しそうだ。

それを狙ったわけでもないのだろうが、口淫を強要していた男も、アイシャの後頭部に手をあてがって、自分から動きだしていた。

咽るのを堪えて竦んだ頬、舌、唇のヌメり具合を、フェラチオというよりイラマチオの身勝手さで、とことん味わい尽くすのだ。

反対側では、もう一人の男もアイシャの手と男根をまとめて握り、腰を往復させた。瑞々しい掌と指を貪る様は、他の者以上にひとりよがりだった。まるでアイシャをオナニーにつき合わせるみたい。

唯一ペニスを使っていない背後の男も、興奮は最高潮らしく、豊かなバストを捏ねながら、乳首も捻り、引っ張って、痛み混じりの疼きを押し込んだ。

果ては自分の胸板を擦りつけ、腰までヘコヘコと動かす。汗でしんなりしたアイシャの髪の匂いを嗅ぎながら、顔面まで埋める。

個々のテクニックは明らかにアインより下手だ。それでも兵達は数にものを言わせて、女体を絶頂に追い込んでいった。

「ひぅうぅうっ⁉　んぇあっ⁉　くぶっ、ひっ、んっ、はぶふぅうっ⁉　んじゅっ、ずずぞっ、ぁぁあおぉおふ！」

四方から揉みくちゃにされて、アイシャはこんな目に遭う大元の理由すら、忘れかけている。

しかし彼女の意識は飛び飛びながら、秘所を突かれ、舌を牡の火照りに擦られる悩ましさで、何度も現実へ呼び戻された。

待っているのはさらなる悦楽で、掌をヌメリに満たされ、巨乳へ悩ましさを詰め込まれるうち、またもや己を見失いかけていく。

思考力と一緒に、嫌悪感も霧散してしまった。となれば、後に残るのはマゾヒスティックな悦楽だけだ。

「んぐぅうっ！　んぷ、んはっ、くふぅふっ！　ぅ……あむぅうふっ！」

ついにアイシャは一匹の牝と化して、自分から積極的に腰を波打たせだした。攣《つ》ってしまう寸前の腿を酷使して、男の手にされるのとは違う長いストロークで、ぐしょ濡れの割れ目を行き来させる。

尻を浮かせた時は、肉穴の裏返りそうな快感で、膝が砕けかけた。反対に落としきった時は、襞という襞を磨かれて、大きな愉悦をさばききれない。

「じゅるるっ、ちゅばっちゅばっ！　は、ぁ、ぅうぅうあぁあうっ！」

熱い。壊れる。凄い。気持ちいい。

——イク！　イクイク！　イクッ！

思考力が蒸発しても、アクメが迫ってくるのだけは分かった。

神経をビリビリと狂わすその大きさたるや、この期に及んで尚、怖くなるほどだ。

しかし、アイシャは夢中で腰を振り、ペニスを扱いて、ねぶり回す。

そんなあられもない彼女へのとどめは、ズブブッと一際強く秘所を落とした瞬間のショックだった。荒れ狂う苛烈さを起爆剤に、彼女は暴力的なオルガスムスの奔流《ほんりゅう》へ叩き込まれる。

「はぁおぉおぅぅううふっ⁉　んぐっ、くっ、ふぁうぅうぁあおぉおうううっ！」

四肢が竦み、心臓が竦み、危険な恍惚《こうこつ》感に心を支配された。

肉欲のままに口を狭めつつ、反対にある竿は、我慢汁まみれでも滑らないほど、きつく掴む。

意思と無関係に収縮している膣内も、残った力を振り絞って、さらに窮屈な場所へ変えた。火照った濡れ襞を牡粘膜へ殺到させて、奥の肉壁で鈴口を圧迫だ。

「おっ⁉」「ぅぅうっ！」「くぁおおっ⁉」

彼女の反撃にやられ、兵達も肉棒の切っ先から、次々とスペルマを解き放っていた。

ビュククッ！　ゴプッゴププッ！　ドプドプッ！

ドクンッドクドクッ！　ビュルビュルビュルッ！

ドプブプビュブブブゥウウウッ！

「ひふぅうんぅうくぐっ！　ふおっ、ぁぁおっ、んむぁぁはぁあうっ！」

どのペニスも、一回飛ばしただけでは鎮まらない。

二度、三度と脈打って、そのたびに女体を中も外もドロドロに汚す。

アイシャは精のエグみで味覚を制圧されて、息苦しさがさらにさらに振り切れた。

汗で濡れながら紅潮していた頬へも、濁った白が上塗りされるし、子宮ではアインと部下のザーメンが不可分に混じり合う。

のみならず、一人達しなかった男のもどかしさを、巨乳へぶつけられた。

乳首のもげそうな痛みが、甘えたくなるほど心地いい。

「ぃふぅううっ⁉　まひゃっ、あたひっ、ィふぅうううぁあぁうっ⁉」

四方向から欲望をぶつけられて、歪な法悦が止まらない。

上体を後ろへ傾けながら、彼女はペニスを握り続けた。強張った舌で、口内の裏筋を持ち上げた。

腰は落としたまま、破廉恥な捻りを再開だ。

まるで次をせがむような動き方に、男達も新たな興奮を催してくる。

「くっ……！　へ、へへっ、隊長は一人一回と言ってたが……っ」

「ああっ、ここまで求められたらっ、応えてやらなきゃなァっ⁉」

めいめい勝手なことを言って、アイシャを再び抱き上げ、仰向けにさせた。

「今度は俺が中で出すからなっ⁉」

「だったら、俺は口でやってもらうぞ！」

「さっきからこのデカい胸で挟んでもらいたかったんだよっ」

「ぅ……あっ……はぅう……っ……⁉」

アイシャはされっぱなしだ。ペニスを秘所から抜かれた瞬間なんて、むしろ名残惜しさを覚えてしまう。

そんな彼女の股の間へ交代で座ったのは、手コキで果てた男だった。

彼は傾けたペニスの切っ先を、アイシャの秘所へ密着させて、

「へへっ、物欲しそうに震えてやがるっ」

嘲笑った後、一直線に貫いた。

ズブブブッ！　ジュブウゥウッ！

「ふぁあああっ⁉　やはぁぁああぁあんんぅうはぁあああっ！」

遠慮ない突入に圧倒されて、今度こそアイシャは意識が途切れた。

もはや悦楽ですら、彼女を引き留められず――。

――視界が、暗転、した。

どこかで自分を犯した兵達の話し声がする。

彼らは脱いだ服を拾いながら、ヘラヘラと笑い合っていた。

――また………かよ。最近……通…孔から出てくるよな――

――知って……？　………の………だけは、……大……て……も取れ………って――

――……って……は……へ入れば砦の……覗……題……――

――ばぁか、あそこは普…………掛か…………だろ。仕事…………れな…………――

…………。

…………。

次第に声は遠ざかり、替わって意識が浮上する。

「……そうですっ！　ネズミが武器庫なんですよっ！」

アイシャはあらぬことを口走りながら、ガバッと跳ね起きた。

直後に見えたのは、足の先からさほど離れていないところにある石組みの壁だ。

「あ、あれ？」

さっきまでいたはずの会議室と雰囲気が違い、何がどうなったのか分からなかった。

目を何度もしばたたかせた後、ようやく自分が厚手の布の上に寝ていたのだと気付く。

さらにメイド服も下着も残っておらず、丸裸であることも。

「ひぇっ⁉」

慌てて、身体に掛かっていた別のボロ布を引き寄せて、胸元を隠した。

直後、横から声を掛けられる。

「う……うん、気がついたのね。良かったわ」

「……え？」

見れば、初めて会う女性が、隣に座っていた。

年齢は二十代の頭ぐらいだろう。

整った顔立ちではあるが、むしろ漂う親しみやすさこそが魅力的。

平和に暮らし、姉がいたなら、こんな雰囲気かも——そう思える家庭的な温かみがあった。

三つ編みにされた茶色い髪も素朴だし、スタイルも平均的なので、『ご近所で評判の器量良し』という表現が似合う。

ただ、今は笑みを浮かべつつ、頬を微妙に引き攣らせていた。

失神していたこちらへの気遣いというより、いきなりの奇行に驚いたらしい。

アイシャは気まずさを覚えながら、彼女へ問う。

「あたし、何か変なことを言いました？」

「そうね……ネズミと武器庫がどうとか……」

「そ、そうでしたか……失礼しました」

頭を下げながら、頬が熱くなった。

しかし、二つの単語も気にかかる。

会議室で兵達に犯された後、ふと目を覚ましかけたタイミングで、それらを聞いたようなのだ。

試しに記憶を掘り返そうとすると、ペニスの感触、いやらしい笑い、自分の乱れようが、先に頭を占めてしまった。さらにはそれらの像も崩れ、制限がかかったみたいにはっきりしなくなる。

理性が辛い体験を拒んでいるのかもしれないが、ちょっとした記憶喪失じみていた。

（まあ……ネズミも武器庫も、単なる夢の一部かもしれないです、けど……）

手がかりを得たい願望が、ありもしない会話を脳内で作り上げた、なんていかにもあり得そう。

（それは悲しい……っ）

アイシャは知らず知らずのうちに難しい顔となっており、それを慰めようとしたのか、傍らの女性が控えめに言った。

「あの……もうしばらくは、ここにいれば大丈夫だと思うから……」

「は、はい……」

おかげで手足の力を少しだけ抜けた。

（しっかりしなきゃ！　色仕掛けぐらいやるって、あたし決めたんですから……！　ええ、やられ損なんて最悪ですよ……っ）

ここで心が折れたら、重ねた我慢が水の泡になる。

そこへ女性がまた話しかけてきた。

「後……あなたが着ていた服なんだけど……」

「え、あ、はいっ」

彼女の方を見た。

「メイド服、どうなりましたか？」

「それがもうボロボロで、しかも男の人達に汚されてしまって、使い物にならないの……」

「あー……だから裸なんですね、あたし」

合点がいった。精子が身体に残っていないのは、拭いてもらった後だからだろう。

「お姉さんが手当てしてくれたんですか？」

確認のつもりで聞いてみると、女性は頷いた。

「兵達が気絶しているあなたをここへ連れてきて、面倒見ておけって。それで私が服を脱がせて、身体を拭いて……」

「っ、ありがとうございますっ」

アイシャは説明を遮って、お辞儀した。

皆まで言われずとも、羞恥心は凄まじい。

口や胸、手だけでなく、さんざん中出しされた秘所にも、スペルマが残っていないのだ。

つまり膣の中まで、この女性に世話してもらったことになる。

（うぁぁああっ……！）

脚をバタつかせながら、ボロ布へ顔を埋めたかった。

そこへ女性が、改まった口調で聞いてくる。

「だけど、あなたは何者なの？　この砦で働いている子では、ないわよね？」

「えっ……」

女性を見返せば、目に真面目な光を浮かべ、身を乗り出していた。

（うむむ……どう答えましょう……？）

この女性は、メイドと下働きの顔を把握しているのだろう。だからこそ、質問をぶつけてきた。

慎重に動くのは大事だ。

しかし、下手にごまかそうとすれば、誠実な相手には不信感を持たれてしまう。

考えた末、アイシャは正直になろうと決めた。

「実はあたし、アイシャといって――」

この砦に連れてこられた経緯から、秘密の脱出ルートを探していることまで、本名も含めて、打ち明けていく。

最後まで聞いた女性は、大きく息を吐いた。

「そう……あなたも大変だったのね」

声音には同情が濃い。と同時に、諦めずに頑張っているのを、尊敬するようでもあった。

さらに自分も名乗ってくれる。

「私はマリナよ。この砦の近くに住んでいたんだけど、伯爵に命令された兵達から、税の代わりに連れてこられたの。この部屋にいる子達は……みんなそうね……」

周囲を見回す彼女につられ、アイシャも頭を巡らせた。

(ここが下働きの人達用の大部屋なんですね……)

倉庫か何かを改装したらしく、中はかなり広い。

そのあちこちに、若い女性が座っていた。美人揃いではあるのだが、みんな表情は沈んでいるし、容姿からいって、雑用だけをさせられているとは考えにくい。

こちらとの距離はそこそこ取られていたから、声を抑えれば、会話を聞かれずに済むだろう。

アイシャの表情を、マリナも敏感に読み取ったらしい。

「そうよ。私達、兵達の相手もさせられているの……。だから……ごめんなさいね、アイシャちゃん」

「え？」

アイシャは面食らった。

「マリナさん、どうしたんですか？」

「私、しばらく大丈夫と言ったけれど、夜になれば、きっと兵が何人も来るわ。そうしたら、あなたを匿《かくま》いきれないと思うの」

「な、なぁんだ、そんなことですかっ」

わざと明るく笑ってみせる。

「お気遣いありがとうございます。でも、大丈夫ですっ。あたし、皆さんには迷惑を掛けない形で、必ず脱出してみせますからっ」

ついでにガッツポーズを決めようとして、うっかり胸を隠すボロ布を取り落としかけた。

「わわっ⁉」

慌てて布の端を掴み直す姿に、マリナも小さく笑う。

「強いのね、あなた。私も見習わなくちゃ」

「いえいえ、そんなことっ。マリナさんが話し相手になってくれて、あたし、元気をもらえましたっ」

それは本当のことだ。

腹の探り合いが多いシーフ業をしていても、それを全てと割り切れるほど、アイシャはスレていない。裏表なく優しい相手と話していると、心が癒やされる。

「そうだわ、ちょっと待っていて」

ふとマリナが立ち上がり、共用らしき棚の方へ行った。そこから何かを取り出すと、別の棚へも寄って、アイシャの許へ戻ってくる。

「服がないと困るでしょう？　ひとまずは私のものを使ってね。その……汚れたら、使い捨てていいから」

差し出されたのは、飾り気のないシャツとスカートだ。

アイシャは素直にそれらを受け取って、手早く着込んだ。

「うん、ちょうどいいみたいですっ」

子供っぽい仕草かもしれないが、マリナに両手を広げてみせる。

とはいえ動いてみると、胸は少しきつかった。

バスト周りがパッツンパッツンなのは、マリナにも気づかれてしまったらしい。

彼女は苦笑して、

「一部サイズが合わないのは我慢してね。それと……これ、食べる？」

新たに出されたのは、乾いたパンと木製の器に入った水だ。

考えてみれば、牢を出る前に携帯食料を一つ食べたきりなので、この親切もありがたい。

「助かります。実はあたし、ほとんどものを食べてなかったんです」

「いいのよ、私にできるのはこれぐらいだもの」

アイシャはいただきますと挨拶してから、パンをぺろりと食べ終えた。

「ご馳走様ですっ」

「ふふっ、お粗末様」

マリナも目を細める。

似た立場に追い込まれた者同士、彼女とは共感めいたものを結べそうな気がした。

その時だ。

不意に脇で、しわがれた呻き声がした。

「あ……っ」

マリナも立ち上がって、声のする方へ小走りに寄る。

見れば、今まで死角だった場所にも布が一枚引かれており、老婆が眠っていた。

小柄で、髪は白く、手足は枯れ枝のように細い。百歳を過ぎていると言われても、不思議ではなさそうだ。

その顔をしばらく覗き込んだ後、マリナはホッとした面持ちで戻ってきた。

「良かった。容態が急変した訳じゃないみたい」

「あの人は……？」

娘ばかりのこの部屋で、明らかに異質な存在だ。しかも、身体を壊しているらしい。

マリナは痛ましげな表情を浮かべた。

「どこかの森で暮らしてた魔女らしいわ。名前は誰も教えてもらえていないの」

「魔女ですかっ？」

驚いた。

それは研究者や教師、商人、冒険者等になることが多い魔術師と違って、呪いや秘薬の扱いに特化した職業だ。

　性質上、街中で会うことはまずないし、違法と定めている国もある。

「ええ。欲しい薬を作らせるために、伯爵が連れてきたらしいわ。でも優しい人で、私達にも色々な薬を作ってくれるのよ。半月ほど前、難しい病気でこの部屋へ移されてからは、私達が看病をしているんだけど……でも、なかなか良くならなくて……」

「治療法とかないんでしょうか？」

「ムギさんが……あ、親切なメイドさんが仕事の合間に、魔法の秘薬の調合法を見つけ出したの。ただ、どうしても材料が足りないのよ」

「じゃあ……それをあたしにも教えてくださいっ」

　声へ力を籠めるアイシャに、マリナが目を丸くした。

「え……？　でもアイシャちゃん、逃げ道を探すんでしょう？」

「はい、あたしだって脱出を優先しますよ。ただ、砦内を回る間に、材料を見つけられるかもしれません」

　ここの主であるルゴームは、有名な魔術師だ。珍しい素材を貯め込んでいたって、おかしくない。

　マリナには色々助けられたし、素知らぬ顔は後ろめたかった。

「そうね……」

マリナは立ち上がって、老婆の近くの箱から一枚の紙を取り出してきた。

「ムギさんが書いてくれたの。この方法で、材料を調合するらしいんだけど……」

「どれどれ……」

メモの冒頭には、材料が箇条書きされ、そのほとんどに横線が引かれている。

「この消されているのは……」

「ムギさんと私で揃えられた材料よ」

「ふーむ。ウルフスベインに大蛙の油……って、トリカブトと火傷の薬ですよね。これなら医務室かどこかにあったんじゃないですか？」

「え、ええ、その通りだけど……アイシャちゃん、詳しいのね？」

戸惑うマリナへ、アイシャは少し顔をしかめながら言った。

「前にちょっと勉強してたんです。まあ、魔術師の才能はなかったんで、そっちは諦めたんですけど……」

思い出すと、未だに少し残念だ。

ともあれ、他の材料も線で消され、残るのは後一つ——蝙蝠《こうもり》の化石粉末だけだった。

「この粉末って、魔術では割と使われやすい触媒なんです。調合法も高レベルの錬金術みたいにエグいものじゃないですから、治療薬、無事に完成させせられるかもしれませんよ」

「じゃあ……」

「はい、探索中に粉末が見つかったら、ここへお持ちしますっ」

マリナの表情が明るくなる。

次の瞬間。

廊下と通じているらしいドアが、外から乱暴に蹴り開けられた。


「いっ⁉」

アイシャは焦って、身体ごと開いたドアへ向き直る。

ここで兵士に踏み込まれたら、身を守りようがない。

だが、勢いよく入ってきたのは、若い娘だった。

安心――しかけたものの、彼女の服装で、アイシャは目が点になる。

「たっだいまーっ。あ、マリナさんっ、今日も兵士からお小遣いせしめてきたわよーっ」

場違いなほど明るいその娘は、下着同然の衣装しか着けていなかったのだ。

平均サイズの両乳房には、光沢を帯びた三角形の青い布を、一つずつかぶせているだけ。

股間を隠すのも、同じ色の極小布地だ。

脚は付け根から露わだし、上端だって秘所すれすれの高さまでしかないから、アンダーヘアを手入れしていなければ、大変なことになるだろう。

後ろから見ても、お尻の谷間以外が丸見えに違いない。

とはいえ下半身には、膝下まである半透明の細長い布が掛かり、はしたなさをギリギリのバランスで、色っぽさに変えていた。

(あれって……異国の踊り子さんの服でしたっけ?)

知識欲旺盛なアイシャだから知っていたが、この辺りでは珍しいデザインだ。

使われる布地も外国製みたいだし、そこそこ値が張るのではなかろうか。

娘はマリナを見たついでに、アイシャの存在へも気づいていた。

「あらっ?　あなた、新しい子?」

ズカズカと部屋を横切り、目の前までやってくる。

軽やかにしゃがむのを近くで見ると、派手な装いと裏腹に、あどけない顔立ちだった。

「アタシはミラ。あなたは?」

「ええと……アイシャです」

のっけからペースを握られつつ、アイシャは答える。

そこへマリナが口を挟んだ。

「駄目よ、ミラ。今は難しい話をしているんだから」

窘《たしな》め口調ながらも、どこか姉が妹へ接するようだ。

もっとも、ミラは気楽に笑い飛ばした。

「あはっ、いいじゃないっ。それよりアイシャっ」

「は、はい？」

「あなたもこの衣装着てみない？　この砦の人ってみんなエッチだから、こういう格好だとウケがいいのよ。お小遣いくれる兵隊さんだっているしねっ」

「いや、あたしは、まあ……」

適当にごまかしつつ、周囲を探ると、娘達の中には微妙な目をミラへ向ける者が多かった。

あけすけな気安さに辟易《へきえき》しつつ、兵士の欲望を引き受けてくれるから文句を言えない、というところかもしれない。

アイシャの反応に脈がないと分かると、ミラもすんなり引き下がった。

「あなたなら絶対に人気が出ると思うけどなぁ……。ほら、あの堅物のドライ隊長でさえ、アタシがこの格好の時は、チラ見してくるのよ。あなたぐらい可愛ければ、絶対に落とせるって！」

「………ド、ドライ、隊長……ですか？」

その名前なら、武器庫の管理者として見取り図にあった。

と、思い出した刹那《せつな》。

靄《もや》が掛かったようだった会議室での記憶が、芋づる式に繋がり始めた。

――またネズミかよ。最近よく通風孔から出てくるよな――

——知ってるか？　武器庫の通風孔だけは、穴が大きくて、柵も取れやすいって——

——お。ってことはそこへ入れば砦の中を覗き放題かよ——

——ばぁか、あそこは普段、鍵が掛かってるだろ。仕事でなきゃ入れないじゃんか——

事後、兵達はそんな風に話していたのだ。

（って、めちゃくちゃ重要情報じゃないですか！）

武器庫には、通風孔のメンテナンス口があるらしい。しかも、人目が届きにくいとなれば、中へ安全に潜れる。

俄然《がぜん》、そこの鍵を手に入れたくなってきた。

とはいえ、ドライという人物の強さは、アインと同格かもしれない。

力押しが不可能となれば、有効な選択肢は——。

「ミラさん……あたし、ドライ隊長を誘惑できると思いますか？」

「アイシャちゃん？」

マリナが驚いたような声を上げるが、脱出に必要な事柄と察したのだろう。すぐに口をつぐんで、目をミラへ向ける。

二人から見られて、ミラは能天気に笑った。

「イケるわよ！　これは強力なライバルが出現かなっ」

「……服はどこで手に入るんでしょう？」

「もちろん、密売人にお願いするの！」

「み、密売人……ですか？」

初耳の情報だった。

それをマリナが補足してくれる。

「この砦には、下働きも兵士も関係なく、内緒でものを用立ててくれる人がいるの。それが通称、密売人」

「なんで、そんな無茶できるんですっ？」

街中ならいざ知らず、閉鎖された砦で秘密の商売なんて、あっさり尻尾を掴まれるに決まっている。まして、相手を選ばずに活動しているとなると。

アイシャの疑問に、マリナも首を傾《かし》げた。

「彼の素性は、私達も知らないの。小隊長の身内だとか、罪を犯して伯爵にかばってもらっているとか、噂は色々あるんだけど……」

「そ、そうなんですねー」

伯爵や小隊長クラスと繋がる相手とは、あまり関わりたくない。

マリナはさらに言った。

「相手を選ばない分、口は堅いみたいよ。ただ、お金と引き換えに情報を求められたらどうなるかは、私も知らないけれど……」

「ふーむ……」

接触するとしたら、砦内の警戒が薄い今のうちが良いのだろう。

「とはいえ、考えてみたら、あたしお金を持ってないんですよ」

「あ。それは大丈夫」

ミラが安請け合いをした。その口調で、アイシャもピンとくる。

「身体で払う、とかですか？」

「あたらずと言えども遠からず、かなぁ。密売人は男にしか興味ないお兄さんだから、アタシ達が迫っても意味ないのよね。でも、この衣装に限っては……。まあ、会ってみれば分かるわよ」

「はぁ」

どうせ、身体を好き勝手された後だ。しり込みしてもしょうがない。

「分かりました。あたし、その人に会います」

ミラへきっぱり言った。

ただ、立ち上がろうとして、自身のささやかな変化に気づく。

それは日常なら珍しくもないが、この砦では生き死に係わる重要な案件だ。

だから、マリナ達へ聞く。

「皆さん……トイレってどうしているんですか？」

──したいのが『小』の方で、まだ良かったかもしれない。

それから約一時間後、アイシャはレクリエーションルームで、一人の兵士を待っていた。

(結局、こういうことになるんですね……)

先ほど交わした会話を振り返りながら、眉をひそめてしまう。

ミラの手引きで対面した密売人は、年齢不詳で鋭い目つきの男だった。その彼が、ぶっきらぼうに言ったのだ。

──踊り子衣装か。銀貨二百枚といったところだが、肩代わりしようという奇特なヤツがいる。その場合、最初は踊り子姿で、そいつに抱かれなきゃならんぞ──

すでに腹の据わっているアイシャは、嫌々ながら、その提案を呑んだ。

ちなみに密売人の許を辞した後、ミラはあっけらかんと言っていた。

──頑張ってね。アタシもそうやってこの服をゲットしたのよ──

ともあれ、アイシャはすでに踊り子の格好だ。

服のデザインはミラのものと一緒で、要するに露出度が高い青のブラジャーとショーツの組み合わせ。

さらに、薄い縦長の布が腰の前後に垂れて、下半身をセクシーに飾る。

それ以外となると、サンダルと右腕のバングル、自前の青いリボン以外、何も身体の上になかった。

　肩や手足が露わで、普段なら服で隠れる腰の細さまで丸見えなのは、生娘でなくなった今も落ち着かない。

　しかも、ミラより胸が大きい分、青い三角形の布は、ちょっと動くだけで乳首の上からずれかねなかった。

（こんな服を着てダンスするとか、すっごい勇者ですよ……）

　だが、自分は踊るどころか、これから名も知らない男に抱かれなければならないのだ。

　ベッドに座りながら、アイシャはソワソワさせられた。顔だけでなく、チョコンと窪んだお臍《へそ》周りまで、早くも赤らんでいる。

　ガチャリ。

「……！」

　ドアの開く音に顔を上げれば、約束相手と思《おぼ》しき兵士が、部屋へ入ってくるところだった。

　年の頃は二十代前半だろう。

　背はさほど高くなく、顔付きも軽薄そうだ。

「へえ、君が新人さん？　ま、緊張しないで。一緒に愉しもうよ」

　デレッとした表情なんて、微塵も欲望を隠せていない。

だが、身体の引き締まり方は、今までに見た一般兵と比べても遜色なかった。

「よ、よろしくお願いしますっ」

アイシャは居住まいを正し、股間の傍で両手を重ねた。

「はっ……んぅっ、くっ、ぅあ、ふっ……」

現れた兵士の愛撫は、意外にも手荒さと無縁だった。

ただ、優しいというより粘着質で、立たせたアイシャの耳の穴から下へ、順に舐め回していく。

震えるうなじの次は、ブラを繋ぐ紐を避けて、胸の谷間だ。

張り詰めた肌をなぞり、舌の表面に並ぶザラつきで、微かな汗を擦り取る。代わりに、糊を薄めたようにべたつく唾液を、何重にも塗りたくった。

短期間で開発されたアイシャは、彼からのくすぐったさを、不快と言い切れない。むしろ、性感一歩前の歯がゆさが体内へ行き渡って、鳥肌が立ってしまう。

「ふ、くっ……んぅっ……や、ぁ、ぁっ……そんなにジワジワされたら、あたしっ……」

声は悩ましくかすれ、脚も自然と内股になっていた。腰も無意識に左右へ揺らぐし、両手で相手の肩をさすり返すのは、単なるサービスではない。

「いやぁ、可愛い反応だねぇ。今回も大当たりだなぁ」

舌遣いと共に、男は満足げな息を吐く。それが体表を撫でていく感触にさえ、アイシャのもどかしさは募った。

「やだ……っ、そんな風に弄られてたら……あたし、力が入らなくなっちゃい……ますっ」

力ずくでされるのは嫌だが、変に緩やかなのも困りものだ。

それに兵士は、背中へ回してきた手も、舌と別に使っている。

背中から腰にかけてを撫で回し、仕上げのようにヒップを揉んだ後は、掌のゴワつきをアイシャへ引っかけながら、腰までじっくり遡る。

一方、舌はノロノロと臍周りに迫っていった。

愛らしいその窪みだって、兵士の標的だ。彼は何度も舌先を差し入れて、念入りに、執拗に、クルリクルリと、穴をほじくった。

「やだ……や、それっ……恥ずかしい……ですっ……」

痺れそのものは、膣粘膜が受けるのと比べておとなしい。

しかし、溜まった汗を舐め取られていると思うと、アイシャは気持ちが変な具合に捩《よじ》れそうだ。

見下ろせば、身を屈める男の姿勢は、まるで跪《ひざまず》く手前だった。踊り子姿の愛らしさを賛美するみたいでもある。

位置が下がった手の方は、背中を離れ、腰と尻を重点的に弄りだしていた。

なだらかなウエストラインは、肩甲骨の凹凸以上に掌とフィットして、軽い摩擦でも神経が毛羽立つ。尻を揉まれれば、丸みの芯までムズついてしまう。

「よく引き締まってるねぇ……。最高の手触りだよ……」

兵士はヒップを解した後、変態じみた手つきで双丘を左右へ広げては戻し、布地の下に隠れる肛門まで伸縮させた。

「は、ぁ……ぁぁあ……っ……!」

前後で芽生える切なさは、アイシャの羞恥心を煽って、身体の奥で合流だ。混ざるように互いを補強して、女体をジワジワ熱くする。

そのくせ、乳首や秘所という本当に感じやすい部分は、衣装がかぶさるために手付かずだった。

おかげでアイシャは、秘洞の奥がざわついてしまう。ショーツの内側にヌルつきの広がっているのも、はっきり分かる。

にもかかわらず、兵士は踊り子の肌を味わうことに、こだわり続けた。

彼の顔は臍から離れ、右脚に至っている。

健康的なアイシャの腿は、室内の弱い照明を反射するほど、透明感と張りがあった。

舌先はそこを妖しくたわませながら、ベロベロと唾液を広げていくのだ。正面だけでなく、螺旋を描くようにねっとりと、側面も裏側も濡らしていった。

やがて、膝の裏の窪みをなぞられた途端、アイシャは疼きが甘く弾ける。

「ひぅう……っ⁉　あ、やぁんっ！」

巧みなアインが相手の時も、愛撫は直接的なものばかりだった。こんな場所が性感帯になるなんて、彼女には思いもよらない。

ビクッとつま先立ちしかけ、脚が突っ張ったところを、さらにねぶられた。

「あ、あ、ふぁあ……っ……ど、どうして、そんなやり方ばっかりぃ……っ」

秘所だけでなく、乳首も衣装の下で尖りきっている。ともすれば身を捻って、自分から突起を布の裏へこすりつけたくなる。

その間に相手の手が、舌の蠕動《ぜんどう》を真似る強弱付きで、もう片方の脚も撫でてきた。

これでは焦れったさが募る一方だ。

愛液もショーツ内に収まりきらず、太腿をツーッと一筋垂れていた。

兵士はそれを当たり前のようにねぶり、蜜の通り道を逆に辿って、ショーツすれすれまで迫る。

「やだ……やだっ……あたし、恥ずかしい……のにっ……」

内股のむず痒さはひとしおで、アイシャは足の指から力を抜けない。

愛液を啜っている以上、男にも秘唇の状態が分かっているはずなのに――。

彼はまたも、割れ目へ触れることなく、腿を下ろうとしていた。

とうとうアイシャは、自分からせがんでしまう。

「やっ……あ、あたしっ……もぅ待ちきれませんっ！　お願いですっ……服の中にもしてくださいっ……触って……くださいぃ……！」

よがり声を絞り出すと同時に、みっともなさで顔が熱くなる。

だがすぐさま、これは必要なことなのだと、自分へ言い聞かせた。

『色仕掛け』という言葉を免罪符に、進行する淫らな身体の変化から、目を背けたのだ。

男もようやく舌戯を止め、嬉しそうに声を弾ませる。

「そんな風に頼まれちゃあ、断れないなぁ……！」

彼は立ち上がって、アイシャをベッドへ押し倒した。

「きゃんっ！」

背中が敷布団に落ちれば、うずくまるまいと踏ん張る必要もなくなる。

指先に至るまで硬直が和らぎ、弛緩した腿は、ベッドへ乗った相手によって左右へ開かれた。

その出来上がったスペースに座って、男は上体を前へ倒す。

彼の指が女性器を隠す青い布をどけ、もう片方の手が割れ目をクパッと開けば、現れたピンクの牝粘膜は、洪水さながらの濡れようだ。

そこへ女体をくすぐり続けた舌が、ウネウネとかぶさる。

「は、ぁああっ⁉」

愛撫が膣口に届いただけで、アイシャは灼けるような疼きにやられた。男の両脇で浮かせた膝を、ふしだらにわななかせてしまう。

とはいえ、舌遣いはここに至っても緩慢なまま、小陰唇に沿って上下した。

だから、アイシャは性感がなかなか上がりきらない。

強烈に思えたのは最初だけで、痺れには妙な物足りなさが付きまとう。

「ふあっ……それ駄目っ……やぁあん！　もっと強い方がいい……のに……ぃ！」

だが訴えても、兵士はなかなか聞き入れてくれなかった。

彼の軽いタッチが、膣口のみをなぞりだすと、もどかしさはますます悪化する。

穴を拡張するように軽く圧しつつ、舌は決して中まで入ろうとしなくて――。

「もっとぉっ……お願いだからっ、もっとしてくださいよぉっ⁉」

アイシャはさらにせがんでしまった。

そこでようやく、男が肉壺まで入り込む。地面へ潜るミミズのように舌を波打たせ、周囲の襞をかき分け始めた。

「はぅうっ⁉　あっ、ひあっ……やっと来たぁあっ……⁉」

欲しかった愉悦に、どうにか手が届きそうだ。

膣壁《ちつへき》も待ちかねたように、軟体へ押し寄せて、襞で表のザラつきをねぶり返した。裏のヌルつきを掻き抱いた。

「お、むっ！」

男も粘膜へかかる刺激が、いっぺんに高まったのだろう。声を心地よさげに揺らすと、一転、罠へ掛かった動物のようなのたうちぶりで、牝襞を擦りにかかった。

別人じみた激しさへ変わった舌遣いで、アイシャの気持ちよさも跳ね上がる。

「ふああっ⁉　あ、はぁあんっ⁉　こんなっ、いきなり……すごっ、ぅあぁあぁあっ⁉」

愉悦を待っていた濡れ肉は、締まりの良さを十全に発揮して、その快楽を吸収する欲深さたるや、多量の水をぶちまけられた砂漠以上だ。

興が乗ってきた男は、唇をヴァギナへ張り付かせ、バキュームまで開始した。

ウゾゾゾッ！　ブヂュッ！　グヂュブブゥウウッ！

啜《すす》られた蜜は空気と混ざり、盛大な粘着音を震わせる。唾液が渇ききっていないアイシャの耳朶も、嬲るように打ち据えてきた。

「や、んやはぁあっ⁉　やらしいですっ、あたしの身体ぁ……ぁあっ！　こんな音っ、んあっ、ふぁうっ！　た、立てちゃって……るぅううっ！」

膣粘膜も丸ごと、愉悦にひっくり返りそうで、アイシャは疼きが止まらない。

膝を不安定に持ち上げながら、踵を敷布団へめり込ませ、両手でシーツを握りしめる彼女の腰は、はしたなく浮く寸前だった。

頭の中でも、動揺と愉悦がぶつかり合って、火花を散らしている。こうなっては、羞恥心が膨らむほどに、快感の方も強まる。

舌は膣寄りの肉襞《にくひだ》を、中から押し上げてきた。反対側もしつこく小突いた。時には左右へ振動し、狭まる肉壁を押しのけた。

淫核へ当たるのは、荒い息だ。それを追って脂っこい鼻までぶつかってきて、もどかしさと心地よさが、狭い一点で捩れ合う。

「ふぁぁあっ⁉　や、やっ、はぁぁんっ⁉」

アイシャは首を捻《ね》じ曲げて、ポニーテールをクシャクシャに乱した。

だが、完全に火が点いた男は、秘裂へ顔を埋めたまま、両手までブラジャーへ侵入させる。たわわな乳房二つへ指をめり込ませ、密かに尖っていた乳首も、纏めて摘まみ上げた。

その瞬間から肉悦が、小さな突起と大きな膨らみの両方で炸裂だ。

「ぁあたしっ、ぁっ、あたしぃいっ⁉　ち、乳首が弱いみたいでっ！　そんなにされたらっ……んあぁあっ⁉　こ、壊れちゃうのぉおっ！」

「ぷはっ！　そっちがもっとしてくれって言ったんじゃないのっ⁉」

「だって、これっ……強すぎで、すぅうっうぁあふぅっ⁉　ひはっ、ひぁあんっ⁉」

アイシャの喘ぎはパニック寸前の危なっかしさだ。

もっとも、ここでの悲鳴は、おねだりとイコール。

男もそれが分かっているらしく、プレイの一環として愉しんでいる。

彼は乳首を押し潰し、

「あぁぁんっ！　駄目っ、待ってぇっ！　ふぁううっ！　ひゃうううんっ⁉」

アイシャが泣きじゃくると、天井寄りに引っ張って、正反対の方へも鋭い悦楽を走らせた。

「ふあぁぁあっ⁉　取れるぅっ！　乳首が取れちゃいそぉっ、なのにぃいいっ⁉」

「それが気持ちいいんだよねっ⁉　ねぇっ⁉」

「はいぃっ！　はいぃいひっ！　あたしっ、もっとしてほしくなっちゃうんですぅうっ！」

アイシャの内で、三点の悦楽は見事に連動していた。男の指が動けば、牝襞がざわめくし、舌が暴れれば、乳首の痺れもどんどん強まる。

快感は揃って大きくて、アイシャはどこへ気持ちを傾けていいのか、まるで分からない。

「凄いですぅっ！　こんなにっ、ぃっ、いっぱいぃっ⁉　あたしっ、いろんな場所を犯されてっ……んあぁぁあっ⁉　イクッ、全部イッちゃうぅぅうっ⁉」

彼女の破廉恥な自白を聞いて、男も顔ごと動き始めた。舌と襞、鼻と陰核、それぞれの衝突を痛烈に変え、牝粘膜へ注ぐ喜悦を増幅する。

燃えるような愛撫の連発に、アイシャは右の乳首と左の乳首でイキながら、秘所への舌戯でも同時に達してしまいそうだった。

「やだっ、やぁあっ⁉　そんなに揺すられたらぁあっ！　ああっ、イクッ、イクぅうぅっ⁉　もうっ……もうっ、手と口だけでぇえっ！　い、イクぅうぁあぁはぁああっ！」

よがりによがって、ついに彼女は不安定だった腰を浮かせる。

「ふあっ、やはぁんぅあぁあぁあうっ！　うあっ……はっあぁあぁあぁああっ⁉」

今までと違う、女体を愛でることへ特化した愛撫によって、オルガスムスの開放感も格別だった。

一方、秘洞は収縮しきって、舌をみっしり捕まえる。

「く、むっ⁉」

兵士もアイシャの絶頂ぶりを覚え込むように、責めをストップさせて、手と顔を性感帯へ密着させていた。

そうして女体が脱力するのを待って、おもむろに起き上がる。

「ふふっ、へ、へへへっ……！」

「はぁっ……はぁっ……は……ぁ……はぁあっ！」

アイシャが乱れた息遣いのまま見上げれば、達成感の滲む兵士と、視線が絡まる。

彼はズボンが盛り上がるほど、ペニスを屹立させていた。

「どうする？　すぐに続きをやるかい？」

頼めば、少しは待ってくれそうだ。

口元を愛液でニチャつかせながら聞いてくる相手に、アイシャは夢見心地で、頷き返していた。

——しかし。


アイシャは踊り子衣装を手に入れた！

とはいえ、行為が終わってみると、どこかすっきりしない。

それは流されてしまったことへの反省からではなく、むしろ満たされなさが原因だった。

下準備に時間をかけすぎた男は、ペニスを秘裂へ入れた後、さっさと自分だけ達してしまったのだ。

アイシャも前戯で一回はアクメを迎えているが、ペニスの挿入で新たに身体が昂りだしたところで行為が終わってしまうと、不完全燃焼な感じが残る。

しかも、男は一回射精するや、休憩時間が終わるからと、レクリエーションルームから出て行ってしまった。

(高価な服を楽にゲットできたと喜ぶべきなんですが……。途中まで凄かった分、最後のあれは何というか、うん……何というかでした……)

素面《しらふ》の時にはっきり認めてしまうと、淫らな自分から後戻りできなくなりそうで、言葉にできない。

だが、股間で渦巻く物足りなさは、如何《いかん》ともしがたかった。

そんな感覚を抱え込んだまま、アイシャはドライ隊長の部屋のドアを、物陰から見据える。

元々、踊り子衣装を得たのは、彼を誘惑するためだった。だから、他の兵士に見つからないように警戒して、下着同然の格好で、ここまで来た。

(よ、よしっ……イキますよ……っ。じゃなくて、行きますよ!)

彼女は隠れていた場所から出て、部屋の前へ立った。

さすがにここまでくると、性のもどかしさ以上に緊張が高まる。

それを抑え込みながら、ドアをノックした。

コン、コン。

返事はすぐにあった。

「入れ」

声は低く、堅物の隊長という噂を裏付けるようだ。

(本当にこの衣装で誘惑できるんでしょうか……?)

ミラの励まし以外、根拠はない。

とはいえ、ここから先はぶっつけ本番。

知恵と、勇気と、自分ではどの程度かまだ判断しきれない色っぽさを武器に、鍵をかすめ取る。

「し、失礼します……」

アイシャはドアを開けた。

入ってみると、中は執務室を兼ねているらしく、正面にドッシリした机があった。

そこで三十代ぐらいの真面目そうな男が、何やら書き物をしている。

彼が小隊長の一人、ドライなのだろう。

先に会ったアインよりだいぶ若いが、こうして離れていても、隙がないと分かった。眉毛の太い顔はいかにも質実剛健で、書類から目を上げないうちから、威圧感が半端ない。

(こ、怖っ！)

回れ右をしたくなるアイシャだったが、もう挑むしかなかった。

後ろ手にドアを閉め、固唾《かたず》を飲む。

書類に集中していてこれなのだ。もしも彼が顔を上げたら、目力はどれほど苛烈だろう。

アイシャが次の言葉を吐けずにいると、ドライは重々しく聞いてきた。

「どうした。早く用件を言え」

そのまま目を上げ――。

「⁉」

アイシャを見るなり、ピシッと硬直する。

目だけでなく口まで開き、顔はみるみる赤くなってきた。

(あ、あれれ……?)

ドライは踊り子衣装に弱そうだと、確かに聞かされていた。しかし、この変化は極端だ。

クエスチョン——顔を上げたドライの目力はどうですか。

アンサー——思いきりヘッポコです。

アイシャも自信が湧いてきた。

男を知ってアップデートした演技力のスイッチを入れて、目を色っぽく潤ませる。

「……お約束もしないまま、押しかけてきてごめんなさい……。あたし、アイっていいます……。今日は……あのっ、ド、ドライ隊長に抱かれたくてっ、ここまで来ましたっ!」

「んなっ⁉」

ドライは飛びのくようにのけ反り、椅子へ背中をぶつけてしまう。そのまま後ろへひっくり返りそうな勢いだ。

「ちょ、ちょ、ちょっと待て⁉ 私は、その、そういう冗談は好かん……ぞ?」

どうにか威厳を取り繕おうとしているが、すっかり腰砕けだった。目も、アイシャのグラマラスな肢体へ釘付けとなっている。

(……び、微妙に可愛い……)

砦へ来てからこっち、男の欲深さだけを見せられたアイシャにとって、彼の初心さは新鮮だ。

それに相手が怯《ひる》んでいれば、相対的に強気で出られた。

「あたし本気ですっ」

ズイッと一歩前進しながら、両手はしおらしく胸の前で重ねてみせる。

「いやいや、落ち着けっ。……そうっ、自分は大事にした方がいいっ。ま、まあ……なんだ。この砦でそんな説教は、虚しいだけかも、しれん、が……っ」

「はい……あたし、ここの兵隊さんに初めてを奪われて、それから何度も抱かれてきました。だからこそ……ドライ隊長みたいに頼もしい方から、思い出をいただきたいんですっ。……あたしじゃ魅力ないですか？　穢された女はお嫌ですか？」

「バカ言うなっ。そんなことはないっ。お前はその、綺麗だ！　そうっ！　顔はもちろんだがっ、目が……そう、目を見れば、心の内も澄んだままだと……分かるっ」

ごめんなさい、胸中は打算まみれです。

このままでも十分に隙を作れそうだが、今まで好き勝手された反動と、身体の奥で燻《くすぶ》る官能の残り火が、アイシャを変な方向へ後押ししていた。

「一度だけ……一度だけで構いませんっ。ドライ隊長を……誰よりも近くに感じさせてくださいっ。でないと……あたし……あたしっ……」

そこで泣き崩れるように、膝を落とし、手で顔を覆ってみせる。後は無言で肩を震わせていると、躊躇《ためら》い混じりにドライの立ち上がる気配が伝わってきた。

アイシャへ近づいた彼は、おっかなびっくりと言っていいほどの及び腰で、むき出しの肩へ手を置く。

「わ、私で……いいのだな？」

アイシャは顔を上げ、飛び跳ねるように彼の首へ縋《すが》り付いた。

「はいっ……！　嬉しいですっ」

さらに彼の心変わりを防ごうと、勢い任せにキスだ。

こちらの経験はまだなかったので、唇で唇を塞ぐだけになってしまったが、図らずも純情アピールに繋がった。

「んぁ……隊長……っ」

「お、お、おぉお……っ」

顔を離したアイシャが見れば、ドライは中腰のままで金縛りとなっていた――。

「隊長……いかがですか、あたしの手……」

ドライ隊長の個室の隣には、休むためのプライベートなスペースが造られていた。そこには仮眠用のベッドも置かれている。

ドライはすでに服を脱ぎ、ベッドで仰向けだった。アイシャはそこへ寄り添う横座りとなりながら、そそり立つ逸物を右手で撫で回す。

狭いベッドの上で、アイシャのスベスベした脚は、ドライの太い脚へぴったり密着していた。相手がちょっと毛深いので、アイシャも触れ合う部分がムズムズする。

「あ、ああっ……気持ちいいっ……とても、いい……っ」

アインより若いためか、声を上ずらせるドライのペニスは、一層太くて硬かった。亀頭の張りもひとしおで、その先端から、我慢汁がお漏らしみたいに溢れている。

部屋に立ち込める水っぽい匂いは、すでに咽せそうなほど濃く、アイシャも手がヌルヌルだった。

しかし滑りやすくなったのをいいことに、彼女は竿の根元から先端まで、愛撫をスムーズに行き来させる。

指をしっとり絡みつかせ、艶《あで》やかな掌だって、一秒たりとも離さない。下へ扱く時には、竿の表皮をめいっぱい張り詰めさせた。一緒に亀頭と裏筋も伸ばすから、その都度、ドライはビクッと身じろぎをする。

反対に手を溯らせる時は、エラを情熱的に小突き上げた。

性感帯の塊への直撃に、ドライの痺れも大きいらしい。

「お、ぅうっ！」

彼のわななきぶりは、手が下がった時以上に派手だった。

さらにアイシャは上昇のうち、三度に一度はエラを乗り越える。自分よりはるかに強い男の弱点を手の内に収め、優しくマッサージしてやった。

「うふふっ……可愛いです、ドライ隊長……」

「か、からかう……なっ！　うぁおっ⁉」

指を波打たせながら声を掛ければ、ドライは手足も背筋も突っ張らせて、まともに強がることすらできない。目線も天井と壁の境目辺りを泳がせっぱなしだ。

そんなところに、アイシャは悪戯心をそそられる。

（やるんだったら徹底的に、ですよね？　ボロが出ちゃいけないしっ）

などと自分へ言い訳しながら、耳元へ甘く囁《ささや》いた。

「ドライ様……どうかあたしを……アイを見てください……」

「っ……！」

ドライはアイシャを見上げかけたが、すぐに照れて、顔をあらぬ方へ背けてしまう。

「すまんっ……！　お、お前がまぶしすぎて……まともに見られん！」

少年以上に初々しいセリフだ。

対してアイシャは詰《なじ》るような声を作った。

「ドライ様の意地悪……」

それでドライが打ち震えるのを確かめてから、嫣然《えんぜん》と笑う。

「冗談です。この砦に来て覚えたこと……今はドライ様だけのためにさせてください……」

テンションが上がるほど、踊り子っぽいセリフがスラスラ出てくる。

後は返事を待たず、ドライの腰をまたいだ。彼にしなやかな背中を見せながら、空いている方の手で飾り布とショーツの股間部を、横にずらす。

牡の滾りように当てられて、秘所は触れる前から、愛液をたっぷり分泌していた。

「ドライ様……アイのここは、あなたを想って、すっかり熱くなってしまいました……っ」

言いながら、指の先を陰唇の縁へ移し、自分で割り開く。

ニチャリッ。

無防備となった膣口へ当たる空気が、卑猥に温い。

その火照った肉穴と、握った竿の切っ先の位置を、慎重に合わせた。

後はゆっくり腰を下ろし、粘膜同士を睦《むつ》み合わせていく。

「は、ぅぅんっ！」

「く……ぅうっ！」

「本当に、いいのか……っ？」

アイシャが息を飲む下で、ドライも脚を硬くしていた。

「……ここまで来て、そんな質問はしないでください……っ」

彼の煮え切らない態度に、アイシャは秘所を落とす速度を上げた。

ズブブプッ！　ジュブゥウッ！

秘洞で牡肉を咥え込みながら、濡れた粘膜を擦り返される。

「ふぁあっ！　あ、やぁああんぅうっ！」

レクリエーションルームの物足りなさも残っていただけに、なだれ込む疼きは絶大だった。

神経まで直に拡張されるようで、身体が勝手に前かがみとなってしまう。

迸《ほとばし》る嬌声《きょうせい》も、演技抜きの大音量だ。

しかし、まだ怒張を受け入れ切ったわけではなかった。亀頭とエラは膣内に当たってくるものの、竿の硬さがまだ三分の一以上、外にある。

ここから、もっと、もっと気持ちよくなれる——！

アイシャは弾みをつけて、男根の残りを入れられるだけ捩じ込んだ。そのせいで擦れ合う速度が上がり、前へ傾けていた身体を、振り子のように後ろへ反らせてしまう。

「やぁあんっ！　ドライ隊長のおちんちんっ、素敵ですぅううっ！」

入れただけで、達しそう。

到底、すぐには動けなくて、小柄ながらもグラマラスな踊り子姿を痙攣させ続けた。

ドライの位置からは、彼女の快感に歪む顔は確認できない。だが、赤らむ肌を撫でるようなポニーテールの跳ね方なら、余さず見て取れたはずだ。

その彼が声を掛けてくる。

「アイっ……だ、大丈夫かっ……!?」

「はいっ……お気になさら……ずっ、ぅうんっ！」

どうにか少しだけ強張りを抜き、アイシャは振り返ってドライを見下ろした。濡れた瞳は流し目のように艶っぽく、ドライも胸を射抜かれたように、股間を一段と硬くする。

伸び上がった彼の肉幹は、気遣いと別に、亀頭を牝襞へめり込ませた。肉壁もグリグリほじった。

「ふぁあああんっ!?　やっ、あっ、中でまたっ、おぉきくなりましたぁあっ!?」

アイシャは肉悦に押され、抽送へ取り掛かる。

ズズッと腰を浮かせて、襞を牡のエラの裏へじゃれつかせれば、己も粘膜をグリグリこじ開けられて、背徳的な快感に心まで焼かれた。

「あぁあっ、んぁあうっ！　た、隊長のおちんちんとっ、いっぱい擦れてるぅううぅっ!?」

後ろへ倒れそうになって尚、彼女は上昇を止められない。

牡肉サイズまで広がっていた膣口を、グリッと中から持ち上げられて、

「やぁあああんっ！」

再び、身体をカクッと前へ傾けた。

今にもつんのめりそうなのに、体勢を整える間が惜しい。

自分がリードする役に回ったことで、アイシャの歯止めは完全に失われていた。

彼女が身体を再度下ろしていけば、下の口に喩えられる秘所のあられもなさは、ご馳走を頬張るかのようだ。

こみ上げてくる多幸感に至っては、大好物を食べた時以上に大きい。

「あぁあんっ！　ひぅうっ！　あ、あたしぃいっ、この砦に連れてこられてっ、こんなにいやらしい身体にされちゃいましたぁあっ！」

「ぐ……っ！　すまんっ、アイッ！」

ドライは詫《わ》びてくるが、マリナ達を守る行動を何もしなかった以上、それは口先だけのものに過ぎない。

アイシャはそんな不満もぶつける勢いで、牡肉をとことん責め立てた。

ズブッ！　ジュプッ！　グヂュブブッ！

粘っこい水音を立てながら、抜いて、迎え入れて、を繰り返す。

その激しさに、巨乳もユサユサ跳ねていた。表面を生き物さながら波打たせる姿は、辛うじて残る踊り子衣装を、先端部からどけたがるみたいだ。

さらにアイシャ自身も見えない膣の中では、肉壁がエラに引っかかれ続け、快感が全く途切れない。最深部と鈴口が衝突する時なんて、暴力的な重みに身体の芯を打ち抜かれる。

「こんなやらしい身体っ！　て、手遅れなんですぅあぁあぅっ！　せめてっ、いっぱい感じさせてくださいぃっ！　一緒に気持ちよくなってっ、ぁああぁんっ！」

グリ……グリ、グリ……グリグリィイッ！

アイシャは円運動も交えてみた。

アインと彼の部下に仕込まれたやり方で、腰を前後左右へグラインドさせると、深く突き立つ肉棒の硬さが、膣内の広範囲へ浸透する。

「こうしてると分かりますぅ……うっ！　ドライ様のおちんちんっ、お腹の中でビクビクッてしてるぅう……！　あ、あたしの身体で興奮してくれている……んですよねっ……⁉」

「そうだっ！　アイの身体が気持ちよくてっ、私はもうっ、止まれそうにないっ！」

「だったら……ぁっ！　ドライ様も……ぉっ、動いてっ、動いてくださいぃ……っ！」

「こ、こうかっ⁉　これでっ……どうだっ⁉」

アイシャにねだられて、ドライも不器用に膣内をかき混ぜ始めた。我慢汁と愛液を肉棒で捏ねて、襞の一枚一枚に練り込んでくる。

こうなると、二人分の体液が媚薬のように熱く、アイシャは膣壁が蕩けそうだった。

「ぁああんっ！　その動き方っ、いいですぅうっ！」

悦びの声を吐き散らしてから、再びピストンへ立ち返る。途端に水音も弾むものとなって、硬派な部屋の空気を、浅ましく震わせた。

ドライ隊長もすっかり乗り気になっている。アイシャの動きが変わっても、牝襞を抉り返すのをやめない。

それどころか、進んで彼女へ呼びかけてきた。

「アイッ……くっ、うっ！　こちらにっ……私の方に来てくれっ！」

「は、はいぃいっ！」

アイシャは今度こそ、身体を後ろへ倒した。相手の鍛えられた胸板に背中を受け止めてもらい、乳房周りは太い腕で抱きしめられる。

「ふあっ！　あ、アイの胸っ、たくさん弄ってくださいぃいっ！」

「ああっ、そのつもりだっ！」

牡を悩殺する青いブラは、ドライの手で容易くずり上げられた。

丸ごと露わになった汗ばむ巨乳を、彼は両方とも掴む。乳首も人差し指と親指で捕獲する。

加減を知らない指遣いは、ピンクの突起の表面だけでなく、ゴム球じみた弾力の髄にまで、痛みと疼きを送り込んできた。

「アイっ……アイッ！」

長年連れ添った恋人への思いを遂げるように、腕の力まで強くなる。

これでは抱きしめるというより、羽交い締めだ。

しかし痛いほどの圧迫が、アイシャは無性に心地よかった。

「んぁあああっ⁉」

「む……くっ！　これだとっ辛いかっ⁉」

「いえっ！　いえっっっ！」

アイシャは首を横へ振ってみせる。ポニーテールでドライの首筋をくすぐりながら、悲鳴じみた声で頼み込んだ。

「あたしは平気ですからぁっ！　こ、このままっ続けてくださいぃひっ！」

「分かったっ！」

ドライも頷いた後は、躊躇《ちゅうちょ》しなかった。鈍い痛みが行為の後まで長く定着しそうなほどに、乳肉をグニグニ揉みしだく。乳首もひたむきに捻る。

「やはぁああっ！　ああっ、ドライ様ぁあっ！　アイのおっぱいっ、揉まれてっ、虐められてぇえっ、前よりもっとっ、もっとぉっエッチになっちゃってっ、ますぅううっ！」

短期間で開発されてしまったバストは、何をされても気持ちいい。むしろ、初体験が鮮烈だったから、被虐が一番のスパイスになっている。

愉悦で吊り上げられるように、アイシャの汗ばむ背筋はアーチを描かんばかりだ。後頭部もドライの肩へ擦りつけられた。

その身振りに励まされたか、ドライも腰の振りを元気にする。女体を上へ乗せたまま、筋肉を駆使して、傾くヴァギナをガンガン突き上げてきた。

「やはぁああっ⁉　凄いのっ、これっ、熱いぃいいっ！　太いおちんちんっ、ぅあっ、あっ、暴れてるぅううっ⁉」

アイシャは自身の重みにも追い詰められれず、落としきったままのところを、亀頭で続けざまに穿たれるのだ。仰向けのままでは秘洞を持ち上げられず、牡肉に身体の中心まで貫通されるようで、アイシャは開いた口が涎まみれだ。閉じた目尻からも随喜の涙を垂れ流す。

「ふっ、深いですぅううっ⁉　壊れるっ！　ふあっ、んぁああ！　だめっ、止めないでっ！　優しくしないでいいんですっ！　あたしっ、このままがっ、ぁああんっ！　いいんですからぁあはあぁっ！」

彼女は不自由なままの腰を揺すった。上下に動かしづらいなら、左右へやればいい。はまり込んだペニスを膣壁で揉みくちゃにして、鈴口は終点の肉壁で撫で回してあげた。襞も無数の舌さながらに蠕動し、牡粘膜をこぞってしゃぶり回す。

「くあっ、うっ！　アイッ！　お前が良いならっ、もっと動くぞっ⁉」

ドライは身体の左側面を九十度起こした。右手でアイシャを抱きしめたまま、左手は彼女の浮いた方の脚に移し、そこからもっと持ち上げる。

これでアイシャは右肘をシーツについた横倒しだ。小水を放つ牡犬とも似た姿勢で、股を開いている自覚が、他の体位以上に強まった。

「ふぁぁあっ⁉　やっ……待ってくださいっ、この格好じゃ恥ずかしいですからぁあっ⁉」

彼女も本心から声を震わせ、踵で宙を掻く。

だが、ドライは下腹部へ掛かる重みが減って、格段に動きやすくなったらしい。

アイシャから主導権をもぎ取るように、ペニスの抜き差しを開始した。

ジュボッ！　ズボッ！　ヌプッ、グボッ、ズヂュブプッ！

「やっ、はっ、ぁあああんっ⁉　ドライ様の意地悪ぅうっ！　待ってくださいってっ、お願いしてるっのにぃいっ⁉」

だが、アイシャの訴えは、官能の切なさに染まり切っていた。

二人で一緒に下半身を捻っていると、今まで体験したことのない角度で、カリ首が膣肉へ当たる。

加えて、ドライの動き方は、プライドをかなぐり捨てた一途《いちず》さだ。

大きな張り出しで牝汁をこそぎ取った直後、亀頭で子宮口を打ちのめしてくる。逆走して、膣口も捲り上げた。

「アイっ……くっ、アイっ、アイッ！」

ドライも敏感なエラを使いっぱなしだから、射精の時が近いのだろう。

のぼせた頭でそう考えると、アイシャは濡れ膣が蒸発しそうだった。

目の前も盛大にぐらついて、もしも本名で呼ばれていたら、本気でペニスに屈服してい

たかもしれない。

せり上がってくる絶頂感の前触れは、彼女も芝居抜きで本物だ。

「イクっ、イキますっ！　あたしぃいっ、隊長のおちんちんでっ、ィいいっイッ、イッち

ゃいま……すぅうぁああっ！」

ドライも、それに応えてわなないた。

「ああっ！　私も出るっ、イクッ！　このままっ、お前の中に出していいかっアイっ⁉」

問うてきながら、彼はさらに蜜壺をかき回す。

奏でられる下品な水音も、まるでオルガスムスへのカウントダウンだった。

ジュポッ！　ズブポッ！　ヌプッ！　グヂョッ、ジュグプッ！

ちゃんと断らなければ、子種を膣内にぶちまけられてしまう。あのドロドロで、生臭く

て、肌にへばりつくだけでもなかなか取れない濁汁を――膣に、子宮に。

だが、アイシャは上半身を捩じる不安定な姿勢のまま、頷いた。

「はいぃいっ！　はひぃいんっ！　出してくださいぃいっ！　ドライ隊長の熱いものっ、

な、中にくださいぃいいひっ！　イキますっ、あたしもぉおっ！　中に出されながらっ、イクゥうぅうぅうっ！」

アイシャは残る力を秘洞へかき集めた。

結果、膣壁はザーメンをねだるというより、否応なしに搾るような収縮ぶりとなる。

屈強なドライも逆らえず、何もかも捧げるように腰を突き出した。

「で、出るぅううっ！」

太いペニスは女体の最深部に突き立てられた上、下半身ごとガクガク、バイブレーションする。

それを最後の刺激に、鈴口がスペルマを解き放った。

ドクンドクンドクッ！　ドビュブブッ！　ビュルッ、ビュブッ！　ブビュププゥウッ！

煮えたぎるマグマのようなゲル状が、胎内を瞬時に満たす。

併せて、アイシャははち切れそうな鼓動を背中に感じ、横倒しの肢体をアクメにわななかせた。

「ひあっ、ぁああうぅうぅぁあっ⁉　ひぁあああはっ！　んやっ、はっ、ぅうぅあああぁあやぁあぁああっ⁉」

汗だくの片脚をめいっぱい持ち上げて、彼女も恥知らずなイキっぷりだ。

「ぁあああんっ！　出てるぅうっ！　ドライ隊長の精液ぃいっ！　ぅあぁぁんぅうっ！

できちゃうぅうっ、赤ちゃんがっあぁぁあはんやぁあああっ⁉」

「くっ！　あ、アイぃいっ！」

ドライも感極まったように、声を震わせていた。

しかし真面目だった反動なのか、彼はアイシャの了解も得ず、大きいままのペニスを、また使いだす。自分が放った白濁をエラでかき出して、入れ違いに、新たな肉悦を牝襞へ擦り込んだ。

達したばかりの敏感なアイシャにとって、それは猛毒さながらの強烈さだ。

「ぁあああっ⁉　来るっ、これじゃ来ちゃいますぅうっ⁉　次の凄いのがっ、す、すぐにぃっ⁉　んふぁああはっ⁉　あたしぃいっ、またイッちゃぅぅうぅっ⁉」

彼女は策も企みも綺麗に忘れて、真っ赤になった可愛い顔を、汗と涙と涎でグチグチャにするのだった——。


「あ、あー……やばかったー……」

三回も中出しされた後、アイシャは休憩の時間を挟んで、やっと素の呟きを漏らせるようになった。

ドライはといえば、彼女の下で熟睡中だ。

その彼を起こさないようにそっと床へ降り立つと、まだ脚へ力が入らず、よろめいてし

まう。

「わわっ……」

辛うじて、ドライの胸ではなく、ベッドの縁へ手を置いて、自身を支えた。

ここで彼を起こしてしまったら、目も当てられない。

アイシャは大きく息を吐いた後、今度こそ背中を伸ばし、乱れ切っていた踊り子衣装を整えた。

「あたし、いつの間にこんなにエッチになっちゃったんだろ……」

忘我の境地にあっても、自分がどんな嬌声を吐いたかは覚えている。思い返すと、恥ずかしさで死にそうだ。

というか、実は今もドライの寝顔をしっかり見られない。

「と、とにかくっ。本来の目的を達成したら、さっさと退散ですよ……っ」

ずいぶん回り道をしたが、ようやく部屋の中を歩き回れる。

(…………でも。ここまでする必要って……ひょっとしたら、なかったんじゃ……?)

他にやり方があった気がしなくもない。

だが、深く考えると、ますます気持ちを整理できなくなりそうで。

アイシャは、疑問を頭の隅へ追いやった。

第四章　エルフの矜持は地に落ちる

——そんな訳で、なんとか武器庫に入れた。

服装も、目立つ踊り子衣装から、回収した盗賊衣装へ戻している。

ついでに新しいメイド服を借りようかとも考えたが、それはアイシャも自重した。ムギが何度も黙認してくれるとは限らないし、手がかりを求めて、砦内をあてもなく歩き回る段階は終わっている。

その分、途中の移動は隠れながらとなり、やや気力を消耗したが、

(使いなれた服が一番ですからっ！)

自分へ言い聞かせた。

実際、シーフ姿に戻ったことで、男相手に乱れまくった状態から、少し気持ちをリフレッシュできたかもしれない。

そのテンションを維持しようと、右拳と左掌を打ち合わせる。

「ここは盗賊らしく、武器庫のものをいただいちゃいますかっ」

ドアへは鍵を掛け直したし、ドライが異変へ気づくのは、もっと先だろう。

この部屋は一時的な安全地帯だった。

収穫も思った以上で、特にフック付きロープを見つけられたのが、心の中で快哉を上げるほど嬉しい。

(オッケーオッケー、これで脱出へ一歩近づけたってもんですよ！)

何しろ、ロープは汎用性が効く、シーフにとっての必需品。

アイシャも自前のものを用意していたが、大袋へ入れておいたため、牢へ入れられる段階で取り上げられてしまったのだ。

当然、このロープを代わりにもらっていく。

(次は本命の通風孔ですね！)

積まれた幾つかの箱を踏み台にして、アイシャは天井に近い高さの穴まで登った。

思った通り、そこはメンテナンス口を兼ねているらしく、他の場所より大きくて入りやすそうだ。

もっとも、アイシャが手を掛けてみると、柵はビクともしない。

「あ……あれ？」

よく見ると、縁が錆《さ》びかけている。

外しやすいと兵の誰かが語っていたのは、強い腕っぷしあってのことらしい。

「どーしたもんですかねー、これ……」

シーヴスツールの一つである小型鋸なら、柵を一本ずつ切れる。しかし、時間をかけると、ドライが鍵の盗難に気づいてしまう。

「しょうがない。引っぺがすのが手っ取り早いかぁ」

アイシャはそう判断し、ナイフとシーヴスツールで、錆を落とせるだけ落とした。

後は箱の上へ座り、足の裏を通風孔脇の壁へあてがう。両手で柵を握ったら、

「ぬ、ぬおおおおおおおおおおおおおおおおっ！」

美少女らしからぬ気合を発し、全力で引っ張った。

「ふンぬぬぬぬぬぬぬぬぬぬぬぬ……っ！」

ボコッ！

柵はいきなり穴から外れ、勢いが付いたアイシャは、後ろへ倒れかける。

「どわはっ⁉」

持ち前の反射神経で、箱からの転落は堪えたものの、下手をすれば床で首の骨が折れ、兵も罠も無関係の場所でジ・エンドだった。

「あっ……ぶなかったぁっ！」

バクバク騒ぐ心臓を鎮めて、開いた穴を覗き込むと、各部屋や通路の明るさが、少しだけ入ってきている。

幅もそこそこあって、小柄で夜目に慣れた身なら、問題なく動き回れそうだ。

（さぁて！）

アイシャは黒パンツで包まれた薄いヒップを後ろへ突き出しながら、モゾモゾと中へ入っていった。


通風孔のおかげで、行動できる範囲は段違いに広がった。

しかし、どこをどの順番で調べるか、すでにアイシャは頭の中で組み立てている。

まず、監査官代理がどんな人物か知りたい。

そのためには、相手へ気づかれない場所から観察するのが、確実だった。

アイシャは見取り図の記憶を頼りに、入り組んだ穴の中を這《は》う。

その過程で、見る機会がなかった区画の兵の配置も、どんどん分かってきた。

(んー、順調、順調っ)

もちろん、身体は埃やクモの巣だらけになるし、侵入者防止用の金網や柵で、行く手を何度も阻まれる。

だが潜入でこそ、アイシャは本領を発揮できる。

汚れに備え、武器庫へはタオルを用意しておいた。障害物はシーヴスツールで取り除く。

そうして、易々と監査官代理の部屋へ差し掛かったところで――。

アイシャは危険を察して、動きを止めた。

(な、何……ですか。これ……!?)

監査官代理のものとは思えない禍々《まがまが》しさが、通風孔の空気まで侵食している。

その存在感は、小隊長達の二人をも軽く凌駕《りょうが》した。

(ひょっとして……ルゴーム伯爵が、来てる⁉)

まだ見つかった訳でもないのに、手足が勝手に震えかけた。

しかし、彼と話しているのが監査官代理なら、人となりを知るには絶好の機会だ。

(……お……怖気づいてはいられない……ですっ)

アイシャは冷や汗を浮かべる己を叱咤し、なんとか耳を澄ました。

先に聞こえてきたのは、男の発言だ。

『…………官代理、そろそろ貴公の役目も終わりではないかな。私の不正を示すものなど、何一つなかっただろう？』

こちらがルゴームだろう。

低く、陰に籠っていて、長く聞いていると体温を奪われそうな声だった。

対するのは、女性の凛とした返事で、まだ若そうなのに、ルゴーム相手に少しも怯んでいない。

『見るべきものはまだ残っています。あなたの部下が連れてきた娘達の扱いだって、到底、まともとは言えないでしょう』

『これは異なことを。税の扱いは、それぞれの領主に裁量が委ねられている。国家連合の常識だろうに。……まあ、納得できぬなら、好きにすればいい。滞在中はもてなそう』

そこでルゴームが小さく笑った。

『私がこの部屋へ来たのは、挨拶のためでな。王都の祝い事に出席せねばならぬので、数日ほど留守にする。対応はアインに一任しておくが、立ち入り禁止の部屋へは入らぬようにな？　そんな勝手をするなら、監査官代理といえど、覚悟してもらおう』

直後、扉の開く音がした訳でもないのに、ルゴームの気配が消えた。

それが勘違いではない証拠に、女性の方も大きく息を吐いている。

（ってことは、瞬間移動の魔法を使ったんですか……⁉　や、やばすぎる……）

この一点だけで、ルゴームの魔力が、ベテラン冒険者を上回ると分かってしまう。

強力な護符や古代の呪文を揃えれば、一時的にその力を弱められるかもしれないが――。

（今、考えることじゃないですね、うん！）

ルゴームと戦う線は完全に除外だ。

そう決めて、アイシャは強張っていた手足を解した。それから穴へにじり寄り、室内を見る。

佇《たたず》んでいたのは、高貴な佇まいの美女だった。

（あの人が監査官代理ですか）

混じり気ないプラチナブロンドの髪を長く伸ばし、青い瞳に涼やかな光を宿している。

顔立ち自体、色白で、ほっそりとして、現実離れした整い方だ。

背が高めなのを除けば、身体つきも儚いほど華奢で、歳だってアイシャとそう離れてそうにない。

(ルゴームみたいな化け物とやり合えるようには……見えないですね)

その時、女性が肩へ掛かる髪を手で後ろへ流し、先端の尖る長い耳が見えた。

(あ、エルフ！)

おかげで合点がいった。エルフは外見こそ人間とほぼ一緒だが、種族としては妖精に近く、寿命だって数百年もある。

多分、あの美女も実年齢は――と、詮索しかけたところで、アイシャは失礼な考えを打ち消した。でも多分百歳は超えている。

そんな彼女の衣装は、ゆったりと丈が長くて白い清楚なもので、ドレスというより、司祭が着る法衣に近かった。そんなところにも、潔癖な心根が表れているようだ。

ともあれ、ルゴームと対立関係にあると判明したので、アイシャは女性へ声を掛ける。

「あのぉ……失礼しまーす」

「えっ？」

女性が緊張した顔付きへ変わり、周囲を見回した。

それを言葉で誘導していく。

「いえ、こっちです、こっち。……そう、頭の上です」

女性の目は通風孔へ向けられ、形の良い眉が訝《いぶか》しげに寄せられた。

「……貴女は？」

聞きながら、彼女は護身用と思しき杖へ近づく。楚々《そそ》とした身なりに似合わない、スムーズな動き方だ。

その警戒を解くため、アイシャは手短に自分の状況を語った。

「あたしはアイシャといって、冒険者ギルドの一員です。やむにやまれぬ事情で、この砦へ連れてこられて――」

内容は、マリナに聞かせたのとほぼ同じとなる。

それで監査官代理も納得したらしい。

「なるほど。私も貴女と同じくギルドの関係者で、近隣諸国の貴族の監査を任されている者……セレスティーヌといいます」

「セレスティーヌさんも、元冒険者だったんですか？」

「セレスで結構ですよ。アイシャの言う通り、かつてはゴブリンと戦ったりして、人々の力になってきました。でも、現場から離れて久しいですし、勘はすっかり鈍ってしまったでしょうね」

セレスは一瞬だけ微笑んでから、毅然とした表情へ戻った。

「この砦へ来たのは、ルゴーム伯爵の統治の視察のためです。というのが表向きの理由ね」

「真の目的は別にある訳ですか。まあ……この砦を見て回れば、想像つきますけど」

「ええ。私は今回の監査で、伯爵の悪行の尻尾を掴むつもりです。しかし……」

セレスの美貌《びぼう》が曇った。

「彼の強大な魔力を恐れる者は、各国の王や貴族にも多いの。邪教徒と結託しているぐらいは暴かないと、諸侯の軍は動かせないでしょうね」

「その証拠を、ずっと探していたんですね」

セレスは「そうよ」と頷いてから、独り言のように呟いた。

「……これも何かの縁かもしれないわね」

「え？　どういうことです？」

戸惑うアイシャを、彼女は真剣な眼差しで見つめてくる。

「貴女の行動力は分かりました。アイシャ、私と協力しませんか？」

「といいますと？」

「思うように動けない私に代わって、砦のどこかにある地下洞窟への入り口を探し出してほしいの」

「…………地下洞窟、ですか」

なんだか聞き覚えのあるフレーズが出てきた。

だが、アイシャの反応には気づかず、セレスは話を続ける。

「私は先日、伯爵の書斎で、古い資料を発見しました。この砦は、わざわざ昔からあった穴の真上を選んで、建てられたそうなの。伯爵が邪教徒と接触をする時は、この洞窟を使っているんじゃないかしら」

「その場所ならあたし、見当がついてます！」

アイシャは通風孔の柵へ鼻がくっつきそうなほど、顔を前へ出した。

「まだ実際の確認まではしてませんけど……でもっ」

そう前置きして、会議室にあった見取り図の説明をする。

この幸運に、セレスも興奮したらしい。白磁《はくじ》めいていた頬が、ほんのり赤らんできた。

「お願いです、アイシャ。そこへ行って、証拠を手に入れてください。貴女と私は、利害が一致していると思うのです」

「そ、そう……ですね」

即決はできなかった。

仮にセレスの告発が上手くいっても、伯爵が拘束されるまでには、しばらくかかるかもしれない。

洞窟内が危険であることも、今の話で分かった。

しかし——自分がえり好みできる立場にないことを、アイシャは承知している。

殊に洞窟は、脱出に使えそうだと期待していた場所なのだ。

だから、迷いこそしたものの、きっぱり答えた。

「分かりました。その話、乗ります！」

セレスも無茶な頼みをしている自覚はあったらしく、安堵の表情を浮かべる。

「ありがとう、アイシャ。証拠を見つけたら、私のところへ持って来てください。だけど万が一、私の身に何かがあったら、貴女は何としてもここを脱出して、私の代わりに冒険者ギルドへ届けてね」

「了解です」

先ほどのルゴームとのやり取りもそうだが、セレスの立場は相当に危ういようだ。

「じゃあ、あたしはひとまず探索へ戻りますね」

アイシャは重くなった責任を抱えつつ、視線を通風孔の中へ戻した。

それをセレスが最後に呼び止める。

「アイシャ……死なないでください」

それは監査官代理としてではなく、この砦の惨状を目の当たりにしてきた、一人の先輩としての頼みらしい。

今度はアイシャも大きく頷けた。

「はい、頑張りますっ！」

アイシャはさらに砦の中を見て回ったが、目ぼしいものは、もうなかった。

例えば、砦の正門はやはり警戒厳重で、突破なんて不可能と分かっただけ。

マリナに頼まれていた秘薬の材料——蝙蝠の化石粉末も、手に入らずじまいだ。

ルゴームが使う施設は全て、彼の私室がある塔へ集約されているらしく、そこへは通風孔経由だと入れない。

魔女が元気な時に使っていたらしい部屋へも行ったものの、棚に並ぶ薬品や素材の瓶は、どれもラベルが暗号で、手がかりなしでは読み取れなかった。調合だけなら、室内に置かれた器具で可能だが、材料不足では意味がない。

（むぅぅ、マリナさんには大見得切っちゃったのになぁ……）

とはいえ、これから探る場所が、邪教徒の拠点かもしれないことも考えると、迷いを抱えたままなのは命取りだ。

アイシャは集中力を途絶えさせないようにしながら、いよいよ地下牢へと向かった。

拷問部屋が無人になるタイミングを見計らって、アイシャは死体を捨てるための穴から、洞窟へ下りていった。

上り下りには、入手したばかりの鉤付きロープを使う。

やっぱり、これがあるとないとでは、行動の自由が大違い。

そうして着いた洞窟は、砦の通路並みに天井が高く、しかも思いのほか清潔だった。

地面も壁も硬い岩でできているから、ジメジメぬかるんでいないし、捨てられた死体が腐って山積みなんてこともない。

(死体は全部、邪教徒が持って行くのかも……)

苦痛の末に殺された者は、儀式の触媒として使われやすい。あるいは噂通りにゾンビと化しているか。

壁には照明が幾つも据えられ、人の存在をあからさまに示していた。

目を凝らせば、少し先を地下水が流れている。近づいてみると、勢いはないものの、ちょっとした川ほどの量だ。

(もしかしたら、出口まで通じてる……かも?)

洞窟も地下水脈に沿って、奥へ伸びている。

アイシャは気配を殺し、そこを歩き出した――。


伯爵にまつわる噂が真実であることは、すぐ分かった。

ゾンビも、フード姿の邪教徒も、洞窟内を我が物顔で動き回っているのだ。

(……惜しいっ。今見てるもの全部、証拠にできればなぁ……っ)

しかし、単なるシーフと伯爵では、影響力が違う。やはり形のある証拠が必要だろう。

慎重に動く限り、どうやら発見される危険は低そうだった。

ゾンビは生前より視力が落ちているし、邪教徒も盗賊の潜入術に対しては素人も同然。

アイシャは川の横を進み——やがて、失望を味わわされた。

水はもっと先まで流れているのに、足場となる道が、どっしりした岩壁で遮られている。

川の上の天井も水面すれすれまでしかなく、側面の岩へ張り付いて進む等も無理だった。

(これは水中呼吸の魔法でも使えなきゃ、行き止まりですね……)

もっとも歩くだけなら、川を離れて、道が横へ伸びている。

とりあえず、そちらのルートを辿るしかなさそうだ。

再び歩き出して間もなく、アイシャは不穏な気配を感じ、暗がりに飛び込んだ。

岩の陰から目だけを出してみれば、やや離れたところを邪教徒が五名、連れ立って歩いている。

「……」「……」「……」「……」「……」

彼らは全員が無言で、歩幅も一緒だ。ヨタヨタ歩くゾンビの方が、まだ生き物らしさを残している。

彼らに見つかったらどんな目に遭うか——なんて、考えたくもなかった。

しかし、これだけ大人数ということは、何か特別な用事で動いていそうだ。

（……しょうがない。セレスさんの依頼もありますしねー……）

アイシャは彼らを尾行することにした。

程なく、岩壁に作られたドアの前へ到着し、邪教徒達はそこへ入っていく。

（お、もしや重要拠点？）

アイシャは息を潜め、彼らが出てくるのを待った。

五分ほど経つと、さっきと同じ人数が中から現れる。

顔の判別まではできないが、多分、同じ集団だ。

彼らが遠ざかるのを待ち、さらにアイシャは二十数えた。

（よし、動きなし……！）

無人という確証までは持てないが、ドアへと走り寄る。

耳を当ててみても、物音はしないので、素早く中に滑り込んだ。

そこは全包囲を壁で囲まれている、広い部屋のような空間だった。

椅子や机、棚など様々なものが整然と置かれ――フードを被った初老の男が、机の向こうへ座っている。

「……誰だ？」

「……っ！」

アイシャは息が詰まりかけるものの、運の悪さを嘆く暇はなかった。

早く対処しなければ、仲間を呼ばれてしまう。

意を決して、即座に男へ肉薄した。

「……！」

相手も初めて人間らしい驚きの表情を浮かべる。

だが、アイシャはアクロバットの応用で机の上へ飛び乗って、左手で開きかけた彼の口を塞いだ。さらに流れるような動作でベルトからナイフを引き抜き、肋骨の隙間——心臓へ突き立てる。

「か……は……っ⁉」

最後に両手を震わせたものの、男はほとんど即死だった。

アイシャはこと切れた彼からナイフを引き抜いて、刃の血を拭う。

「……………ふぅ」

手に残る肉の感触が、気持ち悪い。

初めての人殺し、という訳ではないが、慣れている訳でもない。

顔をしかめつつ机から降りて、死体を机の下へ隠した。

「これで……ちょっとの間はごまかせる、かな……」

どうやら、この部屋の主は、相当に地位が高かったらしい。

壁には悪名高いグァディン教の旗が張られ、本棚には分厚い教典や、古エルトリア語の本が収められている。

（さ、さっきのあたしって……かなり際どかったのでは？）

ガチの邪教は大抵が実力主義で、偉い者ほど危険な術を使うのだ。

有名なところでは、致死の呪いとか。

今更ながら、アイシャは怖気が走った。

しかし、指導者クラスだとすると、ルゴームと繋がる何かを持っているかもしれない。

（魔術用の素材も集めてそうですよね）

そう思って机の引き出しを探ると、さっそく一番上の段に書類があった。

内容は、ルゴームが生贄と諸々の必需品を供給し、見返りとして教団が儀式を行う、という契約関係についてだ。

細目まで読んでみると、約束したこと以外は互いに干渉せず、接点は伯爵と教団のリーダーのみ、となっていた。

最後に両者直筆の署名と血判まで付いており、証拠としても、申し分ないだろう。

（やった！　幸先良いです！）

死体の方を極力見ないようにしながら、アイシャは自分を褒める。

続けて調べた壁際の棚も、希少な素材の宝庫だった。

「ウサギの足に、栄光の手……わっ、黄金の蜂蜜酒まであるじゃないですかっ。すっげー！」

そんな仰々しい品の中に、蝙蝠の化石粉末が入った瓶も、ひっそり混じっている。

「やったっ、マリナさんのお使いまで達成ですっ！」

脱出路は発見できていないものの、頼まれた品は集められた。

死体が見つかった時に洞窟へ残っていたら危ないし、一旦、砦へ戻る方がいいだろう。


二つの用件のうち、アイシャはセレスから依頼された方を、先に済ませることにした。

老婆の容態も気にかかるが、治療薬の調合は、おそらく自分が引き受けることになる。

そうなると、少し時間がかかるはずだ。

そろそろドライが鍵の盗難に気づきかねないので、セレスの部屋へはドアから入る。移動は例によって、シーフの隠密術を駆使した。

「セレスさんっ、ご依頼の物を持ってきましたっ」

「え……？　も、もう手に入ったのですか？　早いですね」

セレスも怜悧《れいり》だった青い瞳を、大きく見開いている。

そこへ書類を出した。

「これは……っ」

監査官代理は、見目麗しい顔へ驚きの表情を浮かべたまま、文面へ目を通す。それから改まった仕草で、アイシャへ頭を下げた。

「……すみません。私は貴女を見くびっていたようです」

だが、毅然とした彼女に謝られると、却って気後れしてしまう。

「いえいえいえっ、自分でもびっくりの順調さでしたからっ。かなりラッキーだったんですよっ」

「ふふっ。アイシャは謙虚なのね」

今日まで孤立無援で気を張り続けてきた反動か、セレスが浮かべた笑みは、今までと打って変わって、温かかった。

「問題は、セレスさんがこれを、どう持ち出すかですよね」

「そうですね。私も煙たがられながら居座っていましたし、急に退去したがるのは不自然でしょう。ただ、伯爵がいない今なら、監査官代理の権限を振りかざしやすくもあります。強引に押し切るべきかもしれません」

そこへ割り込むように、突然、下卑たダミ声が部屋の外で響いた。

「セレス様、失礼しますぞ」

「っ⁉」

ドア越しのその声に、アイシャは聞き覚えがあった。

彼女の秘所を指で嬲り、ペニスで貫き、部下にまで好き勝手させた男——小隊長のアインだ。

　そうと気づいた途端、絶頂感まで思い出され、鳩尾がキュッと縮こまった。反対に性器の髄は、熱く脈打ち始める。

　しかも、ドアノブはセレスの返事を待とうともせず、ジリジリ動きだしていた。

「アイシャ、早く隠れて……っ、それからこれは貴女が……！」

「……ぁっ」

　書類を握らされて、アイシャは我に返った。

　その間に、ドアまで開きかけている。

　もう隠れる場所など選べず、最も近いベッドの下へ、飛び込むしかなかった。

　――間一髪、間に合ったらしい。

　入ってくるアインの足取りは悠然として、アイシャに気づいた様子がない。

　だが、ベッド下の隙間からだと、彼の足ぐらいしか見えなかった。いきなり覗き込まれたら、完全に袋のネズミだ。

　その緊張と、身体に刻まれた快感が捩れ合い、アイシャの心臓は一層激しく打ち始めていた。

「アイン隊長、返事も待たずに失礼でしょう！」

　セレスが詰問しても、アインは動じない。

「すみませんなぁ。火急の用だったものですから」

さらにドアを閉める音、鍵を掛ける音。すぐに鍵を開ける音が続く。

「ど、どういうつもりですっ。すぐに鍵を開けなさいっ！」

「そうはいきませんよ。何しろ数日前、伯爵の書斎からあなたが出てくるのを、私の部下が目撃したというのです。これは内密にしなければならんでしょう？」

「……それは根も葉もない言いがかりですね」

セレスがどんな表情をしているか、アイシャには見えない。

だが、書斎の話は厳然たる事実なのだ。相手がどこまで掴んでいるか分からない以上、下手な返しは命取りとなる。

「隊長、その兵とは誰なのですか？」

「監査官代理殿は、我が部下一人一人の顔と名前をご存じで？」

「仕事の一環です。何かの役職にある者は、全員覚えました」

そのセレスの言葉を、アインは笑い飛ばした。

「ハハハッ、それは熱心だ！　しかし誰でも構わんでしょう。問題は、忠実な部下の証言と、外から来たあなたの言い分、伯爵がどちらを信じるかです」

「では、どうして報告しないのです？　忠実というなら、それが筋でしょう？」

「外出直前の伯爵を煩わせたくありませんでしたからな。まして私、監査官代理たるあなたを尊敬しておりますし、事前に相談するべきと思ったのですよ。併せてまあ……一夜のお情けを頂戴したく、こうして参りました次第」

「……っ」

ベッドの下からでも分かるほど、セレスの細い身体がわなないた。

「沈黙の代償に身体を差し出せと、貴方はそう言うのですね？」

「おっと、書斎の件をお認めになるのですかな？」

「いいえ……ありもしない罪をでっちあげられたくないだけです」

「人聞きの悪い。私はあなたへお知らせに来て、それと無関係のお願いもしているだけです。ただ、最近は年のせいか、記憶力が曖昧でしてな。男女の睦事などしていると、大事な話もすっぽり抜け落ちてしまうかもしれません」

慇懃《いんぎん》無礼の見本みたいな交渉だった。

しかし拒めば、セレスはきっと拘束される。

彼女も悔しげに答えていた。

「……分かりました。あなたの要求通りにします」

「ほほう」

「これから貴方の部屋へ行きましょう。そこで私を好きにしなさい」

「いやいやっ、ここで今すぐいただきましょうっ！」

刹那、アインは本性を現し、セレスへ飛びかかった。二人の間で揉み合いが始まり、揃ってベッドへ倒れ込んでくる。

「くっ……やめなさいっ、こんな乱暴をしなくても、私は逃げません！」

「では、いっそ伯爵がお戻りになるまで、延期しますかっ⁉」

「っ……分かりましたからっ。その手を離してくださいっ」

緊迫した言い合いに加え、アイシャのすぐ上で、ベッドの底がギシギシと軋《きし》みだす。

それに続いて、セレスが脱がされ始めたらしい衣擦れの音も、微かに聞こえてきた——。


「んっ、くっ……ふぅうっ……！」

観念して仰向けになったセレスが、息を乱し始めるまで、あまり時間はかからなかった。

密かに彼女のお気に入りだった白い服も、ケープ、丈の長いワンピースと、簡単に取り払われて、細い身体へ残るのは、純白のブラジャーとショーツだけだ。

下着はどちらも、縁にフリルが付いていた。ただし可憐なだけでなく、ブラは小ぶりなカップの間を、ショーツは両端を、紐で結んで留めるという、艶めかしい作りでもある。

アインの中指はまず下着越しに、秘唇を撫でた。次いでクロッチ部分を横へどけて、合わせ目を直接弄り始めた。

力加減は、長命のセレスから見ても巧みだ。むしろ、生真面目な彼女より、ずっと経験豊富そう。

ソフトだったタッチは、次第に押し付けるものへ変わり、やがて指の腹を割れ目へグリグリめり込ませるようになった。

「ははっ、セレス殿の股は生娘のように綺麗ですなぁ？」

アインが笑うように、秘所の周りの肌は、透明感のある清らかな色合いだ。陰毛も薄いプラチナブロンドなので、ほとんど生えていないように見える。

大陰唇はプニッと柔らかく、その可愛い盛り上がりに半ば埋もれながら、薄紅色の小陰唇が二枚、ひっそり息づいていた。

しかし今や、花弁は指の幅まで広げられ、往復によって歪まされている最中だ。奥に潜んだ膣口も、強めになぞられ、ピリピリ痺れた。

「く、ぅ……んっ……！」

相手を喜ばすまいと、セレスは口をつぐむものの、恥辱と、長く縁がなかった性感で、内心の動揺は凄まじい。

その困惑に拍車をかけるのが、ベッド下にいるアイシャの存在だった。

出会って間もないものの、セレスは後輩にあたる彼女を、好ましく思っている。

年に似合わぬ利発さを備えながら、行動力があって、表情豊かで、かつて心を許した冒険の仲間達を思い出す。

だからこそ、立派な先輩らしく振る舞いたかったのに――。

現実は、軽蔑されそうな事態に陥っている。

「やれやれ、監査官代理殿は仕事熱心なあまり、男に飢えていたようですなぁ？　いやらしい口が指へ吸い付いて……ほれ、蜜もまるで涎のようだ」

アインの嘲笑は偽りではなく、好き放題になぞられた秘所は、小さな穴から透明な蜜をこぼしていた。部屋の淡い照明の下、大陰唇までヌラヌラ光らせる。

この反応ばかりは、いかに心を律しようと、抑えられなかった。甘酸っぱい匂いも室内へ充満し、きっとベッドの下まで伝わっているだろう。

「い、いや……っ！　そんな下品な言い方をしないでください……！　こんなのはっ、はうんっ！　私の本意ではありません、から……っ」

それはアイン以上に、隠れた後輩へ向ける、苦し紛れの訴えだった。

しかし眼前の相手の征服欲まで掻き立ててしまったらしく、彼の汁まみれの中指は、フックのように捻じ曲がり、膣口の奥まで突っ込んできた。

グイッ！　グリグニッ！

「む、くっ、あぅうっ!?」

入り口近辺にされるだけで、ひどくムズついたのだ。脈打つ秘洞までほじられては、飛躍的に悩ましさが強まってしまう。

むしろ肉襞の方は、セレスの我慢を詰るように、こぞって快感を貪り始めた。

愛撫の強弱と合わせて、官能の疼きも激しくなって、緩くなる。

同じリズムで跳ねる愛液の音は、まるでふしだらな伴奏だ。

クチュグチュッ！　ヌチュ……チュ……ク……ッ。ブチュクチュブチュウッ！

「はっ、やっ、ぁう……っ⁉　だ、駄目っ……音をっ大きくしないで……っ⁉」

「ご冗談を！　鳴らしているのは、セレス殿ではありませんか……っ」

「ち、違……っ、んんぅうっ⁉」

肉壺を襲う緩急付きの撹拌に、セレスはなす術がなかった。

外気に触れる肌までが、もはや彼女の性感帯だ。

現にむき出しの腰周りを、アインの片方の掌で撫でられると、神経が勝手に反応してしまう。

きめ細かで色白な肌は、牡を誘う桜色に染まり、それが愛撫によって、ますます中から赤くなった。

それにアインは肌の張りを愉しみながら、ぐしょ濡れの蜜壺内でも指を操り続ける。

アイシャに聞かれると分かっていても、セレスは抑えた声が揺れてしまった。

むしろ、彼女のことを考え続けていたら、情けなさで、心がすり減りそうだ。

だが、逃げるようにベッドの下から意識を背けた途端、まるで歯止めが外れたように、背徳的な疼きが跳ね上がった。

「はひっ⁉　ひっ、ひぅぅうんっ⁉」

全ての襞がキュンキュン収縮しながら、愛撫へ媚びるようにすり寄っていると、セレスは自分で分かってしまう。

「参りますなぁ。そんなに締められたら、私の指がびしょ濡れになってしまう」

「やっ……⁉　言わないでくださ、いっ……こんな辱めはっ……あっ、やぅふっ！　わた……しっ、ん……っ、ぁうんっ⁉」

辛うじて、まだ大音量の嬌声は飲み込めている。

しかし、いくら我慢しようと、アインは好きなだけ時間を使えるのだ。

それはまるで、勝敗の決まっている根競べだった。

追い詰められたセレスは、最後の自尊心にしがみつき、官能の否定にやっきとなる。

「んぅうふっ⁉　わ、私は感じていませんっ……！　貴方なんかで……感じるわけっ、ありませんっ……は、ぅくうぅうんっ！」

しかし、官能の火照りに浮かされた彼女の足掻きは、男の嗜虐心を誘うばかりだった。

「だったら悦んでもらえるよう、もっと頑張りませんとなぁっ⁉」

アインは包皮からまろび出ていた陰核へ、軽く親指を乗せた。

次の瞬間から、ここまでと比較にならない愉悦が、セレスの股間へ押し寄せる。

「いっ、ひぎきっ⁉」

質感も圧倒的で、極細の神経をこじ開けるみたいだ。

同時に膣内の中指も獰猛さを増して、息継ぎさえろくにできないほどの苛烈な疼きを連発させた。

「ぁっ、やっ、やはっ⁉　くぁあぁふっ⁉　んっ、あぁはあぁあぁあっ⁉」

セレスは抑えきれなくなったよがり声を吐き散らし、絶望までさせられる。

相手はずっと手加減して、こちらの反応を面白がっていたのだ。

彼が本気になってしまえば、もう逃げられない。抵抗できない。

イカされるしか――ない。

「いやっ！　いやですっ！　私っ、こ、こんなイキ方っ……したくありませんぅぅうっ！」

だが、愛撫への敗北を悟ってしまったセレスは、無意識のうちに背筋を反らし、美脚を開きかけていた。

怜悧だった美貌も、涎まみれの唇が全開で、股間周りに至っては、シーツにできた蜜の染みがオネショのようだ。

そうして無様《ぶざま》な絶頂めがけて、無理やり疾走させられた。

駄目、私は冒険者の先輩なのだから――！

彼女は崖っぷちで、もう一度、アイシャの姿を思い描こうとする。だが脳裏に浮かぶ顔は、侮蔑と失望のみを宿していた。

その醒めた視線に胸を射抜かれて、セレスは反射的に叫ぶ。

「許して……ぇ！　ごめんなさっ、ぃひいいっっ⁉」

その腰の強張りが、アクメの引き金となってしまう。

法悦は牝粘膜を征服し、融解までさせんばかりに、ビリビリ荒れ狂った。

それが指の動くまま、陰核でも蜜壺内でも継続だ。卑猥なオルガスムスの高みから、セレスは下ろしてもらえない。

「やっ、やぁぅうぅっ⁉　はぐっ……ぅうんんくぅうっふぅうぅぅうぅっ⁉」

セレスが受ける官能の衝撃は、長く生きてきて尚、味わったこともないほど、強烈で、熱くて、残酷で——罪の甘さに満ちていた。


（す、凄い……っ）

アイシャはベッド下で、セレスが果てるまでの一部始終を、聞き続けねばならなかった。

これまで知的なセレスしか見ていないから、蕩け顔はイメージしづらい。

だが、甲高いよがり声は、まぎれもなく本物だ。

おかげでアインの手管がはっきり思い出され、他者の視線を意識させられるシチュエーションも、現状と生々しくリンクしてしまう。

「ん……ぅぅぅ……っ」

女芯と肌がざわついて、パンツの裏地へ愛液の広がっていくのが、感触で分かった。

そこへセレス達の会話が、こぼれ落ちてくる。

「お、終わったの……ですか……？」

「まさか。ここからですよ。今度は私が寝ますから、セレス様は上に乗って、チンポを飲み込んでください。そのびしょ濡れのおマ○コでね。それとも感じすぎて、起き上がれませんか？」

「そんなことは……ありませんっ……」

行為がまだ続くのかと思うと、アイシャは頭がクラクラする。

（セレスさん……あの大きなおちんちんを入れられちゃうんだ……。あたしが聞いてるから、きっと余計に恥ずかしいのに……気持ちよくさせられて、エッチな声をいっぱい上げちゃうんだ……っ）

未だセレスのよがる姿は、思い描けない。それでもアイシャは彼女と二人で、アインから凌辱される気分に、酔ってしまいそうだった。

セレスは震える脚を懸命に動かして、裸のアインへ馬乗りとなる。

白い下着はまだ身体へ残っているが、ブラのカップは汗でしんなりとして、割れ目の上へ戻ったショーツのクロッチも、蜜を吸って肌へ張り付いてきた。

刺激が一旦途切れたためか、脳内に浮かぶアイシャの顔は、同情めいたものへ変わっている。

その分、罪悪感が募った。

「ぅ……うっ」

セレスは見上げてくる男からも顔を背け、左手でショーツを横へずらす。

綺麗だった彼女の秘所も、絶頂を経てしまえば、濡れそぼちながら充血だ。

淫らに変貌《へんぼう》したそこを露出させながら、右手の方は、反り返ったアインの男根へ添えた。

途端に、節くれだった硬さや熱、竿の周りへ浮いた血管の弾力と、玉袋までこぼれる我慢汁のヌメりが、一塊で末梢神経へ伝わってくる。

こんな野蛮なものが、今から、自分の中へ入るのだ。

「では……その、い……いたしますっ」

セレスは自分でも馬鹿みたいだと思う言葉を吐いてから、亀頭へ向けて、腰をゆっくり下ろし始めた。

グチュリッ！

秘唇を鈴口へかぶせるや、谷間の粘膜も、牡の火照りで直撃される。

「んん……くっ！」

次いで、密着した亀頭を前後させれば、鈴口が膣口へ引っかかり、疼きもいよいよ強まった。

「ん、ぁっ、やぁあうっ……！」

声を上げたら、またアイシャに聞かれてしまう――そう思って、唇の端を噛むものの、むしろ腰を落とす速度は、上がってしまいそう。

「どうして私っ……こん、なにっ……んはぅうっ⁉」

羞恥で快感が高まるなんて、優等生のセレスには理解の範疇外だった。

しかも、入り口を亀頭で割られ、中に敷き詰められた襞を手前から順に磨かれていけば、悩ましさはどんどん加速する。

「や、は、ぅう……っ⁉　ぁんぅうくっ⁉」

セレスは一回、腰を上げて、体勢を立て直したくなった。しかし、それを見抜いたようなアインに、腰をグッと掴まれる。

「私もお手伝いしますぞ！」

「そんな必要はっ、ありませっ……ふ、ひぁあああっ⁉」

ズブズプヂュグブプゥウウッ！

下半身を力ずくで引き下ろされて、浅い絶頂とも似た衝撃が、秘洞内を踏みにじった。

「駄目っ、ダメぇええへっ⁉」

突貫の仕上げは、最深部への突き上げだ。その勢いたるや、弾力たっぷりな終点の壁を突き抜け、子宮へまで入ってきかねないほど凄まじい。

「んはぁぁぁあっ、やぅっぁあああああっ⁉」

セレスは天井を仰いでむせび泣いた。

もっとも、抉ったアインの方も、低く唸っている。

セレスの秘所は未経験さながらに狭く、それでいて、襞がはしたなく波打っている。亀頭の丸みやエラの窪み、裏筋も、みっしりねっとり搦め捕るのだ。

「く、ふふっ！　都市エルフとは何度かしたことがあるが、これはこれは……大した名器ですな！」

アインは硬直から抜け出しながら、膣内でさらに肉棒を硬くした。

だが、満足まではせず、身震い中のセレスに、次の要求を突き付けてくる。

「セレス殿？　そろそろ邪魔な下着を取って……あなた様の美しい胸を見せていただきたいですなぁ？」

直後、ペニスが左右へ傾けられた。

セレスもわななき続ける膣肉をこじ開けられて、強制的に活を入れられる。

「ふぁああっ⁉　やっ、ゆ、揺らさないで……っ⁉　ちゃんと取りますっ、から……ぁ！」

長い髪を振り乱し、彼女は両手をブラジャーへ伸ばした。

だが、アインに従ってもまだ、ペニスの動きは緩まない。

むしろ、短いストロークの上下運動まで始まって、女体を内から振動させる。

尻をベッドへ沈める動作が助走代わりとなり、短く引いて、強く突く、短く引いて、強く突く。

一緒に疼きも増幅だ。

「あうっ⁉　はぅううっ⁉　だからっ……くっ、動かないでっ、くださぃいいっ⁉」

セレスは視界がブレて、手も揺れて、カップの間で結ばれる紐を上手く摘まめなかった。

二回目もしくじりで、三回目もやっぱり失敗だ。

「はんんっ……ぅううっ……く、はぅううっ⁉」

「セレス殿、どうしました？　ふふんっ……早くしていただきたいですなぁ？」

自分で邪魔しているくせに、アインはニヤニヤ笑って、文句を言う。

「わっ、分かっています……っ！　やっ、んはぁぅうっ⁉」

焦れば焦るほど、セレスの指はぎこちなくなった。

手の縁は、バストへも何度かぶつかってしまう。今や下着越しの軽い接触までが、快感と直結だ。カップ下の肌が、異常なほどに切なく痺れた。

「い、いやっ！　あなたの言う通りにしますから……ぁっ！　止まってぇぇっ⁉」

不安定な馬乗りのセレスは、アインから振り落とされそうだった。しかし、手が一際大きく揺れた拍子に、やっと指が紐へ当たる。

後はそこを掴んで、夢中で引っ張って——スルリッ。

紐をほどいた途端、カップは左右ともにズレて、あっさり乳房を無防備にした。

出てきた生の丸みは、まるで成長が途中で止まってしまったみたいに、ささやかなサイズだ。じっとしていれば美乳で通るのに、今は怒張のピストンで、フニフニと不規則にたわんでいる最中。

表面もカップで守られているうちに汗で蒸れ、ふしだらな朱色に染まっていた。小さな乳首は先端で尖り、絶えず上下する姿なんて、さらなる快楽を求めて、辺りを見回すかのようだ。

「いやはや、こうしてセレス様のストリップを拝めるとは、素晴らしいですなぁっ！　待たされた甲斐がありましたぞっ！」

「うっ、ぅううっ！」

おおげさに囃《はや》し立てられて、セレスは死にたくなった。

せめて、精いっぱい強がろうとしても、

「こ、これでっ……いいのっ、でしょうっ⁉　ふぁっ！　あはぅうっ！　んぁあっ⁉」

言葉はあられもない嬌声に変わってしまう。

しかも、アインは腹筋を締め、急に上半身を起こしてきた。

体位が対面座位へ変わり、傾いたペニスも膣壁へ食い込む。

急所をグリグリほじる動きに、セレスは愛液が沸騰しそうだった。

「ひぁはっ⁉　今度はっ、あぁんっ、な、何をっ⁉　は、ぅやうっ⁉」

「なぁに、頼み事ばかりというのも申し訳なくなりましてなっ。ここからは私がもっと動いてさしあげよう！　こんな風にっ！　そらっ！　そらっ！」

セレスへ分厚い胸を密着させたアインは、右手で彼女を抱きしめ、左手で尻の薄い丸みを捕まえてきた。自分のペニスだけでなく、セレスの肢体まで、直に揺すりだしたのだ。

「んふぁあっ⁉　こ、こんなことっ、私っ、頼んでいませんぅっ⁉　やあっ、ひああっ⁉」

されるのは上下運動だけではなかった。ペニスと女芯は横へもずらされ、火を噴かんばかりにぶつかり合う。

しかも、アインの手と腰は別々に動き、セレスは膣壁を突き上げられながら、揉まれた尻を左右へ揺すられた。

あるいは、汗ばむ身体を持ち上げられながら、逆走するカリ首に襞を捲られもする。

「やめへっ⁉　ぅえっえっ、抉れるぅっ⁉　突き抜けるぅうっ⁉　駄目っ、駄目ぇええっ⁉」

セレスは牡から求められるまま、よがり声を吐くしかない。

時には、手とペニスの両方が緩やかになることもあるものの、律動が弱まれば、入念に練り込まれる痺れを、気持ちいいものと実感してしまう。

アイシャの存在もまた意識させられて、己が身を掻きむしりたくなった。

「駄目っ、やっ、駄目ぇ……！　そんな優しく動かないで……っ！　これなら乱暴な方がっ、まだマシです……ぅうっ！」

そのふしだらな懇願は、ある意味、快楽の受け入れ宣言だった。

「では、こういうのがお好きですかなっ⁉」

アインも豪快な突き上げを再開させる。

途端にセレスの脳内は、怒涛の愉悦で染め上げられて、さらなる喘ぎをぶちまける羽目になった。

だが、彼女が逃れたかった恥辱の念は、少しも和らがない。

媚肉の熱さに思考力を焦がされていても、自分の堕落ぶりだけは、本能的に分かってしまう。

「やああっ⁉　やっぱりっ……これもいやですぅうっ⁉　んあぁうっ！」

あまりの悦楽で、身体がバラバラになりそうだ。

だからセレスは、宙ぶらりんだった手で、アインの肩へしがみつく。脚が広がりっぱなしなのも頼りなくて、正面の腰へ巻き付けた。

「あぁああっ⁉　いやっ、熱いっ！　深いぃいいっ⁉」

こんなはしたない密着、かつての恋人にだってしたことがない。

だけど、相手の頑健な肉体からは、どうしても離れられなかった。

「これ以上っ、わ、私をおかしくしないでぇええっ⁉　ひうっ⁉　んぁううっ！」

「まったく監査官代理殿はっ、わがままでいらっしゃる……！」

どう転んでも駄目なセレスが、アインには痛快らしい。彼は敢えて言われた通り、やり方を切り替えた。

再び、優しいほどに遅い、肉壺内での円運動だ。

「やっ、ぁあ……っ⁉　またこの動き方……ふぁっ……！」

セレスがわななく間に、荒々しいピストンも仕掛けてくる。ジュポッジュポッと水音を響かせて、かき混ぜられる悦びを、全ての襞へ覚えさせていく。

「あはぁあっ⁉　ひぃいひっ！　あ、ひぃいいんっ⁉　身体っ、壊れるぅううっ！　やっ、やっ、頭もっ……もぉ駄目ぇええっ⁉」

セレスは心身が飽和状態だった。それでも濡れ襞は刺激を取り込んでしまい、はち切れても構わないというように、ペニスをかき抱き続ける。

「そんなに私の逸物が気に入りましたかっ？　それとも元からっ、淫乱でしたかなっ⁉」

「あぁああっ！　いやっ、いやっ、違うのっ……ぉあうっ⁉　あ、はぁあんぅうっ⁉」

もはや上品な言葉遣いなどできず、セレスは無駄な弁解を吐き散らした。しかし、その声音は肉悦に支配されきって、男を滾らす淫猥さだ。

「では、私も仕上げといこうかっ！」

アインも形ばかりの丁寧語を止め、細いエルフの裸身を、自分の股座《またぐら》の上でガクンガクンと振り回した。極太ペニスだって、上下左右に逞しく行き来させる。

もう、優しい動きなんて一瞬も入らなかった。

生意気だった相手を絶頂で貶め、自分も射精するために、凶悪なラストスパートの始まりだ。

それが最高潮と思えたセレスの快楽を、さらに熱く塗り替えた。

もはや女性器は、悦楽を育むためだけの器官だった。奥まで穿たれるのが心地よく、襞を捲られるたびに気が遠のく。

セレスは自分でも身体を動かし、暴君じみた牡肉を扱き立てていた。愛液の音は粘っこく、アインに奉仕するほど、歓喜がグチャグチャ渦を巻く。

互いの間で潰れた美乳の先でも、乳首が疼いて堪らない。

「ははは っ！　そっちもイキそうだなぁっ！　やはり、淫乱じゃないかっ⁉」

「やっ、はぁああっ⁉　貴方を相手にっ……な、何度もイクなんてっ……そんなっ、私……いひいんっ！　あっぁあああっ⁉」

「俺もそろそろ終わりだ！　セレス様の大好きな子種を、たっぷり中へ出してやろうっ！」

「や……やめってぇええっ⁉　中だけはっ、お願いですからぁあっ！　いやなのぉおっ！　はっ、ぁっ！　絶対いやぁぁあああっ⁉」

だが、拒絶の言葉を吐くほど、無視されることに興奮してしまう。

果たして解放してほしいのか、犯し続けてほしいのか。

何が本当か、セレスにはもう分からなかった。

そして足を突っ張らせ、亀頭が抜ける寸前まで腰を上げたところで、アインに秘唇を引き落とされる。

ズブズプッ！　グジュブゥウウッ！

力ずくのやり方によって、粘膜同士の摩擦は、今日一番の苛烈さだ。まるで突き上げと引き抜きを、いっぺんにされているみたい。

訪れる絶頂感も、砲弾じみた凄まじさで、身体の髄を打ち抜いていく。

「ぁやぁおおおふっ⁉　ひおっ、おあっ⁉　ぃひあぁあああっ⁉　んっ……はぁあああぉおおあぁぁあっ⁉」

セレスの縮こまった肉壺は、枷が吹っ飛んだように、亀頭や硬い竿を食い締めた。熱くヌメった牝襞も、牡粘膜を揉んで痙攣だ。

「お、うっ……で、出る、ぞぉおっ⁉」

アインも巨根を脈打たせ、子宮へザーメンをぶちまける。

ビュルビュルビュククッ！　ドクンッ！　ドプッ、ドプッ、ドプドプドククッ！

半固形状の白濁を、セレスは無抵抗で受け入れ続けた。

「は……ぁ……ぉ、ぉ……っ」

もはや気持ちだけでなく、肉体までが、牝の喜悦でグズグズに溶けそうだった。


その後、アインは体位を変えながら二度も膣内へ射精して、ようやく行為を終えた。

アイシャがベッドの下から這い出たのは、彼が去って、しばらく経ってからだ。

それは誰かが部屋へ来るのを警戒したためでもあるし、セレスと顔を合わせづらかったからでもある。

何より、股間を蝕《むしば》む歯がゆさを鎮めるため、結構な時間が必要だった。

その時にはもう、セレスも服を着直して、机に向かって立っていた。

アイシャは後ろ姿を見ることになったが、力ない背中からでも、彼女の自己嫌悪と屈辱、挫折《ざせつ》感が察せられる。

（……は、話しかけられない……っ）

ベッドを見れば、シーツは乱れて皺だらけな上、汗とも愛液ともつかない染みが、広範囲にできていた。

しかし、アイシャが逡巡《しゅんじゅん》しているうちに、セレスの方から話し出す。

「……アイシャ」

「は、はいっ、何でしょうっ？」

「アイン隊長が、独断でここまでするとは思えません。恐らく伯爵が、砦を出る前に許可を与えたのでしょう。となれば間もなく、兵が私を捕えに来るはずです」

口調は理知的だった。というより、無理に心の乱れを封じ込めている風だ。

「……たった一度の交わりで、ああも流されてしまった情けない私です。拷問に掛けられたら、アイシャのことをいつまで隠しておけるか分かりません。それでも……貴女へもう一度、依頼します」

そこでセレスは振り返り、上気したままの美貌を見せた。瞳も充血しきっているが、隠すことなく、アイシャの顔へ向けてくる。

「何としても、ここを脱出して、見つけた証拠をギルド本部に届けてください。今、私が紹介状を書きます」

「……了解ですっ」

「アイシャ、期待していますね」

セレスの微笑は優しげだ。

しかし――待ち受ける運命への諦めも、見え隠れしているようだった。

第五章　重なる三つの淫ら声

セレスには砦を脱出すると約束したものの、アイシャだってアテがあるわけではない。

今頃は地下洞窟でも、指導者の死体が発見されて、警戒が厳しくなっているはずだ。

（ぬぬー……伯爵が留守で、まだ良かったかー）

邪教との接点はルゴームだけだし、犯人探しが砦に及ぶことは、しばらくないだろう。

とはいえ、呑気にしていたら、セレスは拷問に掛けられ、自分も秘密裏に動けなくなる。

残る希望は、魔女である老婆だった。

彼女は、伯爵が直々に選んだ人物で、特別な何かを知っているかもしれない。

（こうなったら、早く秘薬を完成させないと……っ）

アイシャはセレスの部屋を出て、下働きの大部屋へ急いだ。

兵達の目をかすめつつ、階段を下りて、なんとか無事に辿り着く。

室内へ入るなり、ホッと肩から力が抜けた。

見れば、寝込んだ老婆の傍らに、マリナだけでなく、ムギも座っていた。

だが、二人とも沈んだ表情で、何やら話し合っている。

（まさか……お婆さんの容態が悪化しちゃった⁉）

感情を表に出さないムギまで暗い顔と分かるなんて、ただごととは思えない。

「あの、どうかしたんですか……っ⁉」

駆け寄ると、老婆は前と変わらず、小康状態のままだった。

(じゃあ、いったいなんで?)

それを聞くより先に、ムギが見上げてきた。

「あら、アイさんでしたか。マリナさんから話は聞きました。薬の材料を探してくれているそうですね」

表情はともかく、声音は例によって、淡々としている。

その横へ座りつつ、アイシャは腰の袋から、粉末の入った瓶を取り出した。

「はいっ。蝙蝠の化石粉末なら、こうして見つけてきましたっ」

にもかかわらず、場の空気は軽くならない。

「……まずいことでもありました?」

すると、ムギがまた口を開いた。

「その、実は……私が参考にした本のページに抜けがあり、素材がまだ足りないんです。しかも、ちょっと言いづらい類の物が……」

「えっ」

少しでも早く回復してほしかったのに、それは痛い。

だが、魔術や錬金術に詳しくないマリナまで、こうも困惑する物となると――、

（……男の人の精液、だったりしませんよね？）

冗談抜きや下ネタ抜きに、時々、錬金術ではザーメンが使われるのだ。いわば生命の源だし、ホムンクルスの材料としても重要視される。

身構えたアイシャへ、ムギは静かに告げた。

「男性の精液と女性の愛液が混ざったもの。それが大量に必要だそうです」

「予想よりひどかった！」

思わず声を上げてしまう。

そこへ千切れたページの一部らしいものを、そっと出された。

「こちらをご覧ください」

受け取って読んでみると、確かに言われたばかりの内容が記されている。

しかも、女性の愛液はともかく、精液の方は小瓶一つ分が必要らしい。劣化したり、取りこぼしたりする量も考えると、七、八人分ぐらい集めても、まだ安心しきれない。

（どーすればいいですか、これ……）

色仕掛けに慣れてきたとはいえ、そんな大人数の相手は不可能だ。

なのに、ムギは真顔で頼んでくる。

「アイさん……いえ、アイシャさん、私を手伝っていただけないでしょうか」

「え、あ、ええと……要するに、ムギさんとあたしで……？」

──コクリ。

即座に首肯《しゅこう》されてしまった。

「う、ううう……」

悩む。

邪教の拠点へ一人で行ってくれと、セレスから頼まれた時ぐらい、悩む。

だが、アイシャは決めた。

「分かりましたっ、こうなったら完成まで付き合いますっ」

「えっ、いいの⁉　アイシャちゃんっ⁉」

黙って見守っていたマリナが、悲鳴じみた声で聞いてきた。

そちらにも大きく頷いてみせる。

「一度引き受けたことを、途中で投げ出すのは気が引けますし、それに親切だけじゃないんです。あたしにも打算がありますからっ」

「つまり……脱出のためには、お婆さんの力が必要ってこと？」

「ええ、多分」

そこへムギが口を挟んだ。

「アイシャさんの読みは当たっています。この方が連れてこられた理由の一つは、水中呼吸の軟膏を作れるからなんです。この意味……アイシャさんなら分かるでしょうか？」

もちろん、ピンときた。

「地下洞窟にある川が、やっぱり非常用の出口なんですね⁉」

「はい。瞬間移動の魔法は伯爵限定ですし、軟膏は邪教の指導者へ密かに渡して、古くなるたびに交換していたようです」

「……そこまで知っているムギさんって……その、何者なんですか？」

あまりに裏事情へ詳しいから、追及するまいと決めていても、気になってしまう。

だが、ムギは白々しいほど満面の笑みを作った。

「ふふっ、秘密です♪」

「そ、そうですか……」

まあ、しょうがない。

ただ一人、マリナだけは会話へついていけず、目をしばたたかせていた。しかし、不意に両手を握り、アイシャ達へ告げてくる。

「お、お婆さんを助ける手伝いなら、私もやるわっ」

「うえっ⁉　マリナさんもですかっ⁉」

今度はアイシャが驚かされた。

改めて観察するまでもなく、マリナは小刻みに震え、温厚な顔も強張っている。

「や、無理はしない方が……」

「ううんっ、お婆さんには、この部屋のみんなが助けてもらったもの。私、アイシャちゃんやムギさんみたいに、可愛くも綺麗でもないけど……でも、頑張るからっ」

気持ちは固いようだ。

ムギも頷き、立ち上がった。

「では、私が目ぼしい兵隊さんを言いくるめて、レクリエーションルームへ集めます。準備ができたら、お二人を呼びますね。……ああ、アイシャさんは、メイド部屋から予備の服を持って来ておいてください」

言われてみれば、変装なしで兵達の前へ出るのは危うい。すでに大勢に見られているメイド姿が、最も無難だろう。

「はいっ、お借りしますっ」

とんでもない状況になってきた。

だが、脱出の成否は、この乱交の結果にかかっているのだ。

相談がまとまって二時間後、レクリエーションルーム内には、三者三様のよがり声が響くこととなった。

「んひぁっ、ふぁあんっ！　お、おちんちんがぁっ、ぉ奥まで来てますぅううぅっ！」

「やだっ、私ぃっ！　乱暴されて……あぁん！　きょ、今日も感じちゃって……るぅっ⁉」

「すごいですぅうっ！　こぉんな一度にいっぱいのおチンポぉっ！　はぅうっ、ひ、久しぶりぃいんっ！」

喘ぎ方だけでなく、体位もバラバラだ。

たとえば、ベッド脇にいるアイシャは、床に敷かれたタオルへ、両肘と両膝を突いた四つん這い。後ろの男のペニスに秘所を貫かれつつ、肘から先を不格好に上げて、兵士二人の怒張を扱いている。

愛らしい顔は上気して、強張る口の奥から、舌まで覗かせていた。

一方、陰唇は絶え間なく歪み、異物を積極的に頬張るかのようだ。

しかも膣の内部では、柔軟に解れてきた濡れ襞と、破瓜の後から変わらない肉壁の収縮ぶりが、ぐっちょり組み合わさる。

結果、蜜壺の蠕動は、牡肉へすがりついて我慢汁を啜る、はしたないものとなっていた。

相手の抽送は乱暴で、弾ける刺激も鈍痛と紙一重。

なのに、アイシャは甘い喘ぎを抑えられない。

「どうだっ、俺のチンポは気持ちいいだろうっ⁉」

傲慢な問いへも、すかさず答える。

「はいっ！　はいぃいいっ！　おちんちんがぁあっ！　やぁあうっ、グ、グリグリっ擦れるぅうっ！」

周囲の兵がフェラチオを要求してこないのは、このあられもないよがり声を聞いていたいからかもしれない。

事実、後ろの男も満足げに叫んだ。

「くははっ、お前も大したもんだよっ。こんなにエロいマ〇コは珍しいって！」

そんな嘲弄とセットで、腰遣いが一層凶暴になる。濡れそぼつ膣壁をレールのように使って速度を上げつつ、子宮口を滅多打ちだ。

あんまり派手に動くから、兵士も亀頭の先が歪むらしい。

「おぐっ！　つぁおっ、ふ、おおおっ！」

蛮族めいた咆哮《ほうこう》を聞きながら、アイシャも官能神経を踏み荒らされる。

「やぁあっ！　はひうっ！　んあはぁあっ!?　あたしっ、どこまでやらしくなっちゃうかっ、自分でもっ、わ、分からないんですぅうぁあっ！」

彼女の上に残る衣類は、もうヘッドドレスとブルーリボン、ランジェリーしかなかった。

とはいえ、サイズが合わないブラジャーは、ピストンのたびにバストからずれる。ショーツも愛液を吸いながら、下部を横へどけられていた。

下着は、白地に黒いレースが付いた、メイド服と色が近いものだ。そのため、ますます性奉仕が専門の使用人といった趣になる。

「こっ……こんなに激しくされてたらぁあっ！　あたしっ、すぐイッちゃいます……ぅうんっ！　最後までっ、持たなくなっちゃうぅうぅっ！」

アイシャだって、乱交の開始時点では、まだ戸惑っていたのだ。

レクリエーションルームへ集められた兵士は十人もいて、会議室で気絶するまで犯された時のことを思い出す。

しかし、伸びてきた彼らの手で弄られるうち、身体のあちこちがむず痒くなった。

ペニスを挿入される段階までくると、ヴァギナも芯から火照りきっていた。

ひょっとしたら、セレスとアインのセックスを盗み聞きした影響が、五感に残っていたのかもしれない。

「おいっ！　俺のモノだって、あいつに負けてないんだろっ⁉」

「次は俺がお前をよがらせてやるんだからなっ！」

左右の兵達が、順番を待ちきれないと言いたげに、下半身を突き出してくる。

彼らの肉幹も頑健にそそり立ち、鈴口から先走り汁をこぼしていた。

熱い。臭い。ヌルヌルだ。

しかし、それらにマゾっ気を高められ、アイシャは扱くリズムを速めた。

四肢が強張りかけとはいえ、指先の器用さなら、まだ多少は残っている。

だから、これまでに覚えたことを総ざらいで、十指の強弱へ幅を持たせた。

時には親指だけを浮かせ、パクつく鈴口をなぞったりもする。我慢汁のツルツル滑る感触は、指の先にも心地よかった。

「す……げっ⁉」「ぉぉおっ⁉」

己の手管で男達が硬直する気配に、妖しい達成感を抱きつつ、アイシャは三方向へ呼びかけた。

「皆さんのおちんちんっ、逞しいですぅうっ！　このままっぁあ！　ア、アイの好きな場所にぃっ、出してっ、くださぃいひっ！」

「おうよっ！」

ズブズボズブッ！　ジュボッ！　グポッ！　ズジュッズジュッズジュッ！

「えっ、ぇあっ⁉　あひぁあぁあっ⁉」

背後からの突き入れが、いきなり想像を超えて猛々しくなった。

兵士は長い竿をフルに使い、最深部をほじくった直後には、膣口をカリ首の裏で押し上げる。

続けてまた突貫して、スパンキングさながら、竿の付け根を尻へぶつけてきた。

アイシャも責められる立場へ逆戻りだ。破廉恥にむせび泣かされてしまう。

「んふぁあ！　ひ、ぃぁうっ！　イクっ、やっぱりあたしっ、先にイッちゃうぅうう⁉」

彼女の汗で湿った背中は、滑らかな肌の下に血の気と肩甲骨を浮かせ、ウネウネと色っぽく波打っている。

「いいよ！　イッちまえっ！」「俺もイクぞっ！　このままっ、出すからなっ！」

「俺達がっ……見ててやるよ！」

兵達の重い声音にも意識を打ち据えられて、アイシャは指のしなやかさを失った。

もはや彼女のアドバンテージは皆無だ。

とはいえ、手の往復は懸命に続ける。むしろ、我慢汁を飛び散らせるひたむきさは、絶頂寸前の現状にふさわしい。

「はひっ、ひぅいぃいっ⁉　イ……クぅうッ！　イクッ、イクぅうあっ⁉　あたしっ、もぅ我慢できないぃいいっ！」

ブレーキなんて一切掛からず、とどめの快楽も、乱れる身体の髄で、早々と爆発をした。

「あっ、やっ、ひはぁぁおぉおっ⁉」

アイシャは襞をわななかせ、脳天を牝の喜悦で焼かれる。

なんとか往復させていた手と肉壺も、縮こまらせてしまう。

「ふぅううんっぁはぁぉおっくあぁぁぁあああっ⁉」

もっとも、握ったペニスの皮は、根元まで伸ばし続けていた。茹ったような膣壁でも、無意識に牡肉をきつく締める。

それらが道連れ同然、周囲の男達も射精まで導いた。

「ぅおっ！　おっ！　おっ！」「で、出るぅぅうっ⁉」

「俺もっ……イクッぐっ⁉」

ビュルビュルッ！　ビュブブバッ！　べチャッ、ビチャッ！

アイシャの顔のすぐ傍で放たれたスペルマ二発分は、汗と涙でグシャグシャな左頬と右瞼を、熱く、分厚く、塗りつぶす。

ゴビュブッ！　ドプブプブッ、ビュブブブゥウウッ！

蜜壺内でも、勢い余った白濁が、膣口へまで逆流だ。

しかし、アイシャに休憩する間などなかった。

兵隊は精力絶倫で、一回目の絶頂なんか、序の口もいいところ。

突っ伏しそうなアイシャの上で、彼らは次に誰がどう犯すかで、相談を始めている。

先は、まだまだ長そうだった。


アイシャとベッドを挟んだ反対側で、マリナもペニスにヴァギナを貫かれていた。

彼女の場合は、質素な服と下着を脱がされた上、むっちりした脚を開いての正常位だ。

加えて、頭の両脇へ座った別の男二人へも、手コキで奉仕する。

顔立ちこそ整っているものの、彼女の身体つきは、ごくごく普通だった。

乳房の大きさは十人並みで、乳首や乳輪の色形にも、これといった特徴がない。腰周りのラインも自然。お臍の形は平凡。

汗と共に発散される女の匂いは、濃くもなく薄くもなく、つまり当たり前。

強いて個性を上げるとすれば、色白の腿が太めな点だが、これは彼女にとって密かなコンプレックスなのだ。

しかし、穏やかな日常が似合うマリナだからこそ、凌辱される悲惨さは目立つ。

張り出すエラで掘り返された牝襞へは、一射目の汚濁がまとわりついたままで、赤らんだ頬と額へも、別の男の子種がへばりついている。

「んぁっ！　あっ、ひゃあん！　そ、そんなに動かれたら私っ、壊れちゃうからぁあっ⁉」

彼女が今までに相手してきた兵達は、多くて一度に二人までだった。

無力な娘の立場だと、たった一人の違いであっても、プレッシャーがけた違いに強まってしまう。

右を向いても、左を向いても、赤黒いペニスが柱のように勃起していた。それらを正視していられず、天井へ目をやれば、三つのニヤケ顔で視界を占められる。

マリナは心身を押し潰されそう。

それでいて、開発済みの身体は、ふしだらな反応ばかり見せてしまう。

愛液はダラダラこぼれて止まらないし、声は膣奥への一突きごとに、甲高く跳ねた。

「うぇあああっ⁉　ひうっ、ぃひぐぅううっ⁉　やだっ、やっ、奥に当たってるのぉおっ！突き抜け、そっ……ぅはうぅううっ！」

どう感じているかを、いちいち暴露してしまう癖は、この砦で身についたものだった。

その間にも、膣肉が勝手に男根を抱きしめ続ける。

もはや心の折れそうなマリナだが、まだ半歩手前で、ギリギリ踏み留まっていた。

アイシャの強さを見習い、恩人である老婆を助ける。

そう決めたことが、お人好しな彼女を支える、最後の拠《よ》り所だ。

といっても、

「んはぁああっ！　ひおっ！　あっ、んやはぁああっ⁉」

彼女自身、いつまで耐えられるかなんて、全く分からなかった。

ムギはミステリアスな美貌と裏腹に、男と交わるのが結構好きだ。

『本業』があるから、快楽へのめり込んだりはしないものの、必要とあれば大抵のプレイをこなす。

テクニックも、高級娼婦に転職できそうなほどで、今は四人の兵士をいっぺんに相手取っていた。

ベッドへ寝転がる男の男根と、騎乗位で繋がる。

他の三人は周囲に立たせ、手と口で性器を弄んでやる。

アイシャやマリナと同じく、彼女もすでに服を脱いでいた。

着けているものといえば、白いヘッドドレスだけで、その可憐なフリルが律動でフワフワ揺れる様は、まるで男達の欲望を手招きしているかのよう。

対照的に、バストの弾み方は重たかった。

細い身体つきの中、そこだけが格別に豊満なのだ。二つ並ぶ丸みは、大きなボールさながらで、ただし、果てしなく柔らかい。

形だって美しく、乱交の始めに彼女がベッド脇へ立った時は、間に深い谷が出来上がり、下端へ曲線状の影が描かれた。

それが連続でバウンドするから、迫力は満点。真下の肌を叩かんばかりに揺れまくる丸みの頂で、しこる乳首も、高く跳ね飛んでしまいそう。

しかも股間では、陰毛が綺麗に手入れされて、なだらかなラインが丸見えとなっていた。

男と繋がれば、割れ目はムニッと広がり、ピンクの膣口も無茶かと思える幅まで開く。

三人目を受け入れる段階になって尚、彼女の感度は高いままを保ち、こぼれる愛液だって、快感を裏付ける白っぽさだった。

しかも脈打つ膣内へは、先に出されたスペルマが残り、大胆な結合部の音をますます濁らせる。

やがて、右手で扱かれていたペニスが、鈴口から精子を打ち上げた。

ビュルルッ！　ドプドプブプッ！　ブピュブルッ！

液塊は宙に弧を描き、ムギの端正な顔へ飛ぶ。

「あン、ふやっ……!?　んふふっ、熱くて濃いのが、いぃっぱい出ましたね……っ」

肌が柔らかな褐色のため、こびりつく白濁は相当目立ち、美貌を汚したという実感を、存分に相手へ与えられた。

さらにムギは、達したばかりの兵士を見上げながら、端の垂れた瞳を艶めかしく細めてみせる。

「ぁあん！　こんな匂いを嗅ぎ続けてたら……っ！　私っ、ゾクゾクしちゃいますぅ！」

その時、下の男が変化を見せた。ずっと自分から動いていたのが一転して、下半身を突っ張らせ始めたのだ。

「あはっ……そろそろイキそうなんですねぇ……っ!?」

そんなムギの指摘に対する返事は、幼子のように素直だった。

「そうだよっ、出そうだっ！　ムギさんの身体っ……やらしすぎるよっ！」

実はこの兵士、この乱交よりずっと前から、ムギのテクニックで篭絡《ろうらく》されている。

今回もムギは、弟を褒めるような声音を、喘ぎの奥に滲ませた。

「あぁっ、ひぁうっ！　ぁ……あなたこそっ、今日もおちんちんっ、元気いっぱいですねぇっ……はぅうっ！　ん、ふあああうっ！」

それにつられてか、手で達したばかりの兵士が、脂ぎった髭面を寄せてきて、

「なぁ、ムギさん……俺、もう待ちきれねぇんだが……！」

「やぁんんっ！　焦っちゃ駄目ですってばぁっ！　順番ですよっ……ぁンっ！」

スペルマまみれの美貌に笑みを浮かべながら、ムギは敢えて窘める。

だが、話しかけてきた男が、始まってから一度も秘所へ挿入できていないことも把握していた。

だから、気を持たせた上で、甘やかすような提案をする。

「でも……っ、どうしても待ちきれないならぁ……！　ムギのお尻を使ってみますかっ……んぁっ、あっ！」

途端に兵士は目を剥いた。

「それ、アナルセックスってヤツかっ⁉」

ムギが見たところ、彼に後ろの穴でやった経験はない。

とはいえ、この食いつき方なら、脈ありだろう。

ムギだって、全ての穴を開発済みだし、さらに気持ちよくなれる。数も効率よくこなせる。

「はい……っ、皆さんに満足してもらえるように、ぃっ！　ちゃんと綺麗にしてありますからっ、んぁっ……安心してくださいね……！」

案の定、ちょっと誘惑を重ねるだけで、男は忙しく頷いた。

「俺っ、ムギさんの中へ入れるならっ、もうどこだって構わねぇよ！」

答えながら、さっそく背後へ回り込んでくる。

ムギも淫蕩《いんとう》に口の端を上げ、身体を前へ倒してみせた。

「あんっ！　良かった、ですぅうっ！　じゃあっ……し、してっ、くださ……ぃううっ！　今ならおちんちんヌルヌルでっ……すぐに入れられるはずですよ……ぉっ！」

呼びかける声は、結合の角度が変わったせいで、ふしだらに揺れた。

彼女だって、疼きが全身へ行き渡っている以上、牝襞へ亀頭がめり込む刺激には、演技抜きで裸身がわななないてしまう。

急所を捻られた下の男も、歯を食いしばっていた。

「く、うぅおっ！」

「あ……あっ、あふふっ！」

目前で感じる男の頼りない顔に、ますます胸を躍らせつつ、ムギは空いた方の手を尻たぶへやった。

そこを自ら広げてみせる。

「さぁ……どぉぞ……！　かなりきついと思いますのでっ……一思いに奥まで入れちゃうのがいい、とっ……思いまぁす……っ！」

アヌスは無数の皴を作りながら、中央に向かってすぼまっていた。

蠱惑的《こわくてき》な褐色の肌も、その周囲だけは艶っぽさが翳《かげ》り、いかにも秘められるべき場所といった風だ。

とはいえ、尻肉と共に引っ張られれば、穴は伸縮性を発揮して、ムニッと横長に伸びる。

「ああっ、分かった！」

男も言われるがまま、亀頭を菊座へあてがって――ズブブブッ！

太いままの男根を、直腸までねじ込んできた。同時に、苦悶とも驚きとも取れる、低い呻き声を上げる。

「くほっ⁉　おおぉおっ⁉」

「ぁ……ふぁあんっ！」

ムギにとっては、予想通りの反応だった。

何しろ、肛門の括約筋《かつやくきん》は、締まりが尋常でない。

亀頭どころか、硬い竿ですら圧壊させんばかりの窮屈さなんて、娘を何人も犯してきた兵士だろうと、未知のものだったろう。

しかも排泄器官の力は外向きに働いて、半端な挿入なんて、押し戻しかねないのだ。

とはいえムギの方も、穴を拡張される衝撃で、すぐに余計なことを考えられなくなった。ましてや、秘所にも極太の異物が入ったままなのだ。ペニスの二本挿しなんて、彼女だって滅多にされることがなく、嬌声は人間離れした狂おしいものへ変わる。

「ひぁぁはぁあぁおっ⁉　かはっ、あっ……ひぉおおふぅうぅうくっ！」

「す、すげっ……きつくなったっ⁉」

下の男も、震えながら唸っていた。だが、彼が感じたのは、桁外れの快楽だったらしく、我慢中だった腰遣いを憑かれたように復活させる。

ムギと背後の男の重みで、上下のピストンをやりにくくなった代わり、彼は怒張を横へ揺さぶった。

グチョブチョッ！　ヌヂュ、ズズジュグッ！

「ムギ……さんっ！　俺……俺ぇっ……おかしくなりそうだよっ、くううっ⁉」

ムギだって、攪拌される膣壁が融解しそうだ。

しかし、どうにか彼へ笑いかけてから、背後の兵士の方へも、細い首を捻じ曲げた。

「わ、私のお尻っ……どぉ、ですかっ……⁉」

肉欲混じりに聞けば、相手は硬直から抜け出して、首をガクガク縦に振った。

「まだちょい痛いけどっ、か、感動的に気持ちいいぞ、これっ！」

「良かったです……っ、ぅふふっ……この初体験で、病みつきになっちゃうかもしれませんねっ……!?」

「そうだな……！　なあっ、俺も動いていいかっ!?」

「……はい！　はぃいっ！　このお尻は今っ、あなた専用なんですから……！　お好きなようにっ、いぃっぱい愉しんでっ、くださぁいっ！」

「だったらやらせてもらうぜっ!?」

言い放つ傍から、男はペニスを抜きにかかった。

ズルッズルッ！　緩慢だが力強いバックに合わせ、密着する菊門も、一緒に外側へ捲られていく。

こうなると、ムギの神経は、排泄時とも似た開放感に侵された。しかも、出ていくものが極端に硬いため、神経を直に扱かれるような疼きまで、ひたすら大きい。

「出るぅぁううっ！　私ぃっ、ぉっ、お尻の穴っからぁあっ！　おっきなおちんちんっ、出しちゃってますぅうっ！」

倒錯的《とうさくてき》な感覚に、ムギは顎を浮かせたまま嘶《いなな》いた。

しかも、カリ首が括約筋に差し掛かったところで、牡肉はグリッと百八十度の方向転換をして、アヌスもろとも、中へ突き戻ってくる。

「は、おっ、あおぉおおふぅうっ!?　刺さるぅううぅうっ!?」

開放感は一瞬で息苦しさに変わった。

この落差は大きすぎて、ムギでさえ慣れることができない。

しかも喘ぐ間に、本格的な律動まで始まってしまった。

グププッ！　ズプボッ！　グリッグリッ、ズポォオッ！

抜いては挿し、抜いては挿し、屹立は長々と引いてから、毎回、一気に突っ込んでくる。

「ひきあっ！　や、おぉおおっ⁉　動くぅうふっ！　す、凄いのが二本もぉおうっ！　ぅあぁ暴れちゃってぇっ、るぅうぁあうっ！」

「へへっ！　俺っ、このままやるからなっ⁉　ムギさんが気絶したって止まらないぞっ⁉」

兵士は、肉壁を挟んでいきり立つ仲間のペニスと、ムギの歓心を奪い合っているつもりかもしれない。

下の男も、律動を挑戦と受け取ったかのように、腰遣いをますます獰猛にした。

結果、ムギは両方へ気持ちを引っ張られてしまう。

アヌスが気持ちいい。秘所も蕩けそう。

ここでどちらが好みか聞かれても、片方なんて、絶対に選べない。

「ひはっ、ぉあぁあふっ⁉　ひきぃいっ、くひぃいいひっ！　いっぺんにされるのっ、気持ちいいですぅうっ！　もぉっ、私っ、おチンポのことしか考えられませんぅうあぁっ！」

さらにずっと成り行きを見守っていた左右の男二人が、ムギの手を取って、自分達のペニスを握らせてきた。

「ムギさんっ、俺達にもしてくれよ！」

「こんなに悦んでるムギさん、初めてだもんなっ！　見てるだけじゃ我慢できねえよ！」

熱烈な彼らの頼みに応えて、ムギは両手をギクシャク使いだす。

「やりますっ！　皆さんのおチンポぉっ、全部っ、私が気持ちよくしますぅうっ！」

彼女の愛撫から、さっきまでの軽やかさは失われてしまった。しかし、力強さが増して、手コキは下る動きのたびに、我慢汁で滑りやすい竿表面を、限界まで伸ばしきる。次いで一直線に登り、張り詰めたエラを容赦なしに打ち据える。

「おほぅ……！　こういう手コキもっ……いいなっ！」

「ああっ！　ムギさんの硬い感じなんて……っ、新鮮だよ！」

そこへ兵士が下から聞いてきた。

「ムギさんっ！　俺のチンポだってっ、気持ちいいんだよなっ⁉」

後ろの男も負けじと吠える。

「俺の方が良いだろっ⁉　なぁっ⁉」

やはり、彼らは競う気分になっていたらしい。

だが、二つの異なる快楽は、いよいよ優劣つけがたく、答えようがない。というより女

体の中で、互いが互いを高め合う。

「ひゅあぁぁあっ！　あ、はぉあああっ⁉　どっちもいいんですぅっ！　お尻もっ、おマ○コもぉおおぅうっ！　手もっ、手もぉおっ！　ムギの身体はっ、おチンポの気持ちよさでいっぱいなんですぅうぅっ！」

ムギはいつイッてもおかしくなかった。

というより、軽い絶頂感を凌駕する悦楽が、いつの間にか、途切れなくなっている。最終的に訪れる法悦は、きっとこれを優に上回る過激さだ。

それゆえに、止まれなかった。ここまでよがれる機会は珍しく、仕事抜き、計算抜きで、品のないオルガスムスを目指してしまう。

「イキ……ますぅうっ！　私っ、お尻を苛《いじ》められてっ、おマ○コまで滅茶苦茶にされてぇえっ！　みっともなくぅうっ、ぃイッちゃいひっ、ますぅうぅっ！」

ヘッドドレスを振り乱して叫べば、男達の抽送にも熱が入った。

背後の男は今や、ヴァギナへやるようなハイペースで、菊門を穿ってくる。

下の男は、二人分の体重を押し返すように、腰を上下させ始めた。

ジュポッ！　グポッ！　ズボッ！　ヂュブボッ！

彼らの暴走によって、ムギの二穴は壊れる寸前の広がり方だ。

しかし、彼女はそれが心地よい。痛みも官能の火照りと直結し、最高のオルガスムスまで、もうちょっと。後一歩。

「おひっ！　おぉっお願いっ、お願いしますぅう！　皆さんの精液っ、くださぁあいっ！　中出しでっ、顔にもかけてぇえっ、私をイカせてっ、く、くださっ、んぁあおっ！　やっ、い、ィ……イクぅうぅぁあぁあああっ⁉」

プライドを打ち捨てて懇願する彼女を、最後にアクメへ追いやったのは、排泄孔から後退するペニスだった。

男は竿の長さにものをいわせ、出口まで最大速度で駆け抜けたのだ。おかげで排泄のための肉穴は、猛火で焼かれるような淫熱に襲われた。

「うあぁあぁはあっ⁉　ひぉっ、くっ、んはぁぁあぁやあぁああああっ⁉」

ムギの痙攣は膣まで狭め、こちらはこちらで、牡粘膜と牝襞が融合しそうに疼く。

搾られた仰向けの男も、腰を浮かせっぱなしにしていた。

「お、ぉ俺もぉおっ、い、イクぅううっ！」

猛る男達からの挟み撃ちで、ムギの絶頂感は長く長く引き延ばされる。

「はぁぁああっ！　こ、こんなに感じちゃっ……ぅあぁあうっ⁉　ひぃいひっ、ひっ、久しぶ、りっ、ですぅうぁあっ……ぁっあぁあっ……んはぁぁぁぁあぁあっ！」

まるでイキっぱなしになったみたい。

そこで後ろのペニスが、直腸の奥まで突き戻ってきた。二本のペニスは駄目押しするように、ムギの体内で続けざまに暴発だ。

ゴビュルルルッ！　ドップブッ！　ブビュバッ！

ドクドクッ！　ブチュッ、ビュブッ！　ビュブブゥウッ！

触発されたように、手コキされていた左右の男達も、白い子種を発射した。

ビュルッ、ベチャッ！　ドクドプッ、グチャグチャッ！　ブチュブチュッ！

こちらも鉄砲水さながらの勢いで、褐色の肌をドロッと飾る。性臭へ馴染んでいたムギの嗅覚も、一層の青臭さで制圧だ。

「はぁぁああっ！　ぅあっ……ぁ、熱ぅ……ぃい……いいい……っ！」

四方のペニスが止まっても、ムギは痙攣を止められない。

男をリードするのが得意だったはずの彼女でさえ、狂騒の空気へ呑まれきっていた。


——やがて、行為にも終わりが近づいてきた。

アイシャの周りにいた三人の男達の内、二人までが膣内発射を決めて、満足しながら、見物する側に回っている。

マリナとムギも似た状況だ。

そんな訳で今、彼女らは大きなベッドへ横並びとなり、残った男三人のペニスを、各々の秘所で受け入れていた。

体位は全員が正常位で、中央へアイシャが寝転がる。彼女から見て左隣にマリナが、右隣にムギがいる。

「はひっ、ひっ……ぅひぃいう……っ！　か、はっ、やうぁぁうっ！」

同世代の娘達と比べれば持久力があるアイシャも、疲労はそろそろピークへ達していた。力が入らないから、喘ぎも切れ切れで、実際、すこぶる息苦しい。

そのくせ、官能神経へ流れ込む愉悦は、微塵も弱まらず、秘洞を乱暴に突かれれば、奥の肉壁が歪んで痺れた。腰を下げられれば、襞が煮崩れしそうだった。

汗びっしょりな二つの巨乳も、ピストンで揺らぐたび、引っ張られた付け根が痛み混じりに疼く。逆にツンと尖る乳首は、虐められていないのがもどかしい。

「は、ぁっ、ひぃいうっ⁉　お、おかしい、ですっ……ぅうっ！　あたしぃっ……気持ちいいのがっ、あぁんっ！　終わらないっ……のぉおっ！」

下半身の瞬発力と連動する秘洞は、収縮ぶりが健在だから、牡肉をみっちり食い締める。粘膜同士の摩擦を強めてしまう。

ひょっとしたら、全身がとっくに誤作動を起こしているのかもしれない。

そんなアイシャの顔の上では、汗と混ざった大量のスペルマが、乾くことなくヌラついていた。

臭気も強烈なままで、室内に充満する他の匂い——汗や我慢汁、愛液、身体のものと混ざり合い、彼女が夢中で息をするたび、牝の本能をかき立ててくる。

ただ、アイシャを愉悦へ縛り続ける一番の原因は、隣でムギ達が見せる痴態だった。

ちょっと首の向きを変えるだけでも、二人のよがり顔に視界を占められるのだ。

その淫猥さときたら、同性であっても劣情を催す。

「ひぅあぁあんっ！　もっと動いてくださいぃいいっ！　そうっ、あぁんんっ！　そうですぅうっ！」

右のムギは、美貌を嬉しげに蕩けさせていた。

ペース配分の上手さなのか、余力はそこそこあるらしく、よがり声にも派手なビブラートがかかる。まるでアイシャとマリナにも聞かせたがるみたいだ。

一方で細められた瞳は、男の醜悪な赤ら顔を慈しむように見上げ、相手の手首も、両手でしっかり握っていた。

褐色の頬や額の上では、白濁が光沢を帯び、いくつものダマを作っている。その量は、アイシャよりずっと多い。

「ど、どぅかっ……あはぁんっ！　このまま私……をっ！　メチャクチャに壊しちゃってっ、くださぁいぃいひっ！」

そして、アイシャより上といえば、バストのサイズもだった。

ムギの乳房は特大で、天井へ乳首を向けて平たくなっても、ふくよかさを十分に残す。

汗びっしょりの女体から滑り落ちんばかりに、揺れて、踊って、弾みまくっている。

対照的に、マリナは精神的にも肉体的にも、極限状態らしかった。

「もぉっ……終わらせっ、て……ぇっ！　お願……ぁいっ、せめて、休ませて……ぇぇっ！」

優しげだった顔は、アイシャやムギ同様にザーメンで汚され、しかも瞳が虚ろになりかけている。

身体もピストンで押され、操り人形さながら、カクカク揺れていた。

——と、その顔が何かの拍子に、アイシャへ向けられる。

「アイシ……ッ、うぅうんっ！　どうっしよっ……ぁあんっ！　このままじゃ私っ……いっ！　ダメなとこまで堕ちちゃうっ、のぉおっ！」

見られていると意識したことで、ほんの少しだけ理性が蘇ったらしい。

彼女はアイシャの本名を呼ぶことを寸前で我慢し、代わりに近い方の手を浮かせてきた。

アイシャもそれを左手で握り返す。

「んぁっ、マリナさぁあんっ！　ぁあたしもぉおっ、やらしい身体からっ、戻れなくなっちゃいそっ……なんですぅうっ！」

互いに気持ちを支え合いたくて動いたはずなのに、掌へ広がったのは、手コキ中にまぶされた我慢汁の粘り気だった。そのネバつきに、自分達がしてきた奉仕の淫らさを、改めて実感してしまう。

「あっ、やぁああんっ！」「ひはっ、あぁあうっ⁉」

それでもアイシャは、マリナと指を絡め合った。

ついでに二の腕を擦りつけると、相手のプニッと柔らかい肉付きで、思いがけず陶然となる。汗ばみながら吸い付いてくる肌の瑞々しさは、驚くほどに蠱惑的だ。

「やぁあんっ⁉　もぅ駄目、ですぅ……！　あたしっ、マリナさんに触ってもっ、エッチな気持ちが膨らんじゃいますっ……ぅあううっ！」

「い、嫌よぉおっ！　そんなこと言われたらっ……は、ぁっ！　私までっ……我慢、がっ、んぁぁああっ⁉」

マリナは嘆くように首を振りながら、そのくせ、掴む力を強めてきた。男に持ち上げられていたふくらはぎまで、アイシャの脚へじゃれつかせてくる。

「こんなの絶対ぃっ……おぉかしいっ、のにぃいっ！　ぃ、ひぃいんっ！　私っ、やっぱり変になってるぅぅぅふっ！」

嘆きの声と裏腹に、肉壺もキュッと狭まったようで、マリナを犯す男は貪欲に震えた。

「おっ……⁉　へへっ、またやる気になってきたみたいだなぁっ⁉」

そこからますますスピードアップだ。

「ひあぁあっ⁉　駄目っ、やっ、んやぅうあああっ⁉」

マリナを絶叫させせながら、水音も好き勝手にかき鳴らす。

アイシャを貫く男も、背徳的な光景に惹かれたらしく、ドラ声で命じてきた。

「せっかくだ！　ムギさんとも手を繋げよっ！」

「は……はいぃいっ！」

アイシャは言われるや否や、躊躇なく右手を隣へ伸ばした。

「は、んぁうっ！　ム……ギッさぁあん……っ！」

「んぁはっ！　あっ、あはぁあんっ！　こっち、ですよぉっ！　アイさぁんっ！」

ムギもすかさず握り返してくる。彼女の肌はやっぱりヌルヌルで、しかもアイシャとの間で体液を潰すように、手を波打たせだした。腕や脚の当て方も、マリナよりずっと煽情的で、アイシャはこそばゆさに鳥肌が立ってしまう。

「へへっ！　いい眺めだなぁっ!?」

昂る中央の男は、アイシャの腿にあてがっていた右手を、結合部へ移してきた。

彼が弄り始めたのは、アイシャの陰核だ。

そこは肥大化して、ひとりでに包皮からはみ出ている。感度も振り切れ、指の腹の分厚い皮による圧迫と、ピストンによる上下という二つの刺激にやられ、のっけから破裂しそうに疼いた。

「んはぁあやぁあっ!?　あひっ、ぅきひぃいいっ!?」

アイシャはかすれていた声を、強制的に大きくさせられる。

腰はシーツから浮いて痙攣し、四肢も下手な背泳ぎさながら、不格好にくねってしまった。それが左右にあるムギ達の柔肌を、一段と熱っぽく擦り返す。

「ひはっ、は、ぁああんっ！　アイさんの感じ方ぁっ、か、可愛いですよぉおああっ！」

「アイっ……ちゃぁあんっ！　手をっ、は、離さないっ、でぇえっ！　ぃやああっ！　お願いよぉおおっ！」

「お、おいおいっ、こっちも見てくれよっ⁉」

「そうだぜ！　チンポを嬉しそうに咥え込んでるんだからさぁっ⁉」

女同士の睦み合いへ割り込みたくなったのか、他の男達まで、正面の娘のクリトリスを攻撃し始めた。

始まるタイミングが僅かにずれたせいで、ムギの喘ぎがまず高くなる。

「ふぁああんぅうっ！　それっ、気持ちいいですぅっ！　こ、このまま続けてっ……私のおマ〇コをっ、感じさせてくださいぃいいっ！」

それと一瞬遅れで、マリナも悲痛にわなないた。

「やっ、やっ……ぃひぐぅうんっ⁉　私っ、もぅ感じすぎてるのぉおっ！　嫌っよぉおっ！　し、死んじゃうぅうぅっ⁉」

タイプは違うが、どちらも凄い乱れようで、真ん中にいるアイシャは、合わせ鏡に挟まれた気分だった。

二人を見ていると、自分がどれだけはしたない反応を晒しているかも、大体分かってしまう。さらに喘ぎ声を聞き続ければ、平衡感覚が失われていく。

とはいえ、マリナ達と気持ちを重ねていたい欲求も膨らんで、アイシャは酸欠寸前の華奢な喉を、限界以上に痙攣させた。

「ひぅあぁっ……突いてくださいっ！　兵隊さんのおチンポでっ、感じさせてくださいぃいっ！　もっとっ！　もっともっとぉおっ！」

もはや、淫語だって平気で吐ける。

とはいえピストンが続くほど、愉悦のリズムは食い違っていった。

兵士の一人が腰を引いている時に、他の二人が最深部へ猛進している。

マリナが深く抉られるのを横目に、アイシャは外側へ向かって牝粘膜を磨かれる。

もちろん、タイミングがかぶることもあって、それが完璧に一致した時は、アイシャ達も並べた三つの口を全開だ。

「ふぁぁうぅうっ!?」

「ひぁはぁあぁっ！」

「んやあぁぁあっ！」

崖っぷちのよがり声を重ね合い、こなれきったはずの膣肉をもキュンキュンと縮こまらせる彼女達。

その濡れ襞に急所をしゃぶられて、男達もどんどんフィニッシュへ向かう腰遣いとなっていった。

「いいぞっ！　いいぞぉっ！　お前のおマ○コっ、最高じゃないか！」

「最後まで待たされた甲斐があったってもんだぜっ！」「ああっ、まったくだ！」

全員、一心不乱にペニスを抜き差しする。愛液とザーメンの混合液が立てる音も、グッチョグッチョとひたすら卑猥で、繋がる粘膜全て、快楽で溶けているかのようだ。

アイシャ達も弱点を責め立てられるまま、オルガスムスへひた走った。

「あたしっ、あたしぃいいっ！　こんなにされちゃったらぁあんっ！　つ、次のイキ方もぉっ、きっと凄いのぉおっ！」

アイシャは、これから迎える絶頂が何度目のものか、もう数えきれない。両脇の乱れ顔を視認するゆとりすら喪失して、正面の男を見上げながら、被虐の愉悦に浸りきる。

「やめてぇえっ！　やめてぇえへっ⁉　これ以上恥ずかしいイキ方っ、させないでぇええっ⁉」

マリナは細い糸のような良識にしがみつこうとしているものの、手を繋ぐアイシャからすれば、ふしだらな身悶えぶりが丸分かりだった。結局、彼女も最大級のエクスタシーが目前で、ペニスを突っ込まれるたび、その瞬間がどんどん早まる。

「イクっ！　私っ……またっ、兵隊さんのおチンポでイカされちゃいますぅううっ⁉」

ムギも、男をリードしてきた優位性をほぼ失って、力いっぱい抉られるがまま、大人びた美貌を歪めていた。反対にペニスをグイッと引かれれば、

「んひはぁあっ!? おマ○コ捲れちゃいますよぉおっ!?」

恥も外聞もない身震いだ。

もはや、誰が最初に果ててもおかしくなかった。

体力の限界を超えて尚、盛大に吐き散らされる淫ら声は、まるでゴールを目前にしたデッドヒートの様相だ。

「イキますっ！ アイはっ、おマ○コをズポズポされてぇっ、イッちゃいますぅぅうっ！」

「ぃひっ、んひぁあはっ！ くださいぃひっ！ またっ、熱いのをっ、中にぃいあぁっ!?」

「いやぁあっ！ やだぁあっ！ おちんちんで虐められるとっ、止まれないのぉおっ！」

やがて一番先にイッたのは、アイシャだった。

肥大化しきった官能の悦楽は、強く打たれた子宮口をも突き抜けて、指先、つま先、頭のてっぺんへまで、濁流《だくりゅう》さながらに押し寄せる。身体中が破裂しそうだが、それも多幸感の源だ。

「んぁあはぁあああっ！ おチンポ良いですぅうっ！ これっ、良ぃひゃぁあああんぅうあっ！ あぁあふっ！ ぅっ……つぁうっ！ ぅうぁあぁぁあぁぁあああはっ！」

彼女が絶叫で空気を震わせている間に、ムギとマリナも一拍遅れで昇天していた。

「私ぃいっ！　私ぃいいひっ！　こんなにたくさんっ、おチンポで感じちゃってますぅううっ、ぅぇえっあはぁああっ⁉　ひぉっ、あっ、んはぁあはぁぁあああぁおぉおおっ！」

ムギは浅ましい悦びを隠そうともせず、

「イキたくないのっ！　もうっ、イキたくないのにぃいいあぁあっ⁉　はひっ、やっ、あっ、イッちゃっ……あっ⁉　んぅうはぁあぁあおぉおおおぉふぅううんぅううっ！」

マリナも堰き止めきれない肉悦に、泣きじゃくりながら屈服だ。

彼女らの収縮した秘洞は、牡肉を続けざまに食い締めていた。

そのせいで、並んだ男達まで、アイシャ達と同じ順番で打ち震える。

「つぉっ、ふぉぉおおっ！」

「ムギさんにっ！　で、出るぅううっ⁉」

「イクぞっ！　お、お、おぉおおっ！」

女芯に突き立てられた怒張からも、特濃の子種が連発された。

無遠慮な欲望の塊は、いわば娘達を孕《はら》ませようという欲望の軍隊だ。それをアイシャも、ムギも、マリナも、陥落した子宮で受け止める。

その間、アクメは尾を引き続けた。呼吸困難も一緒に延長されて、極度の絶頂感は、もはや拷問同然だ。

なのに、まだ続く。続く。続いてしまう。

特に、アイシャは意識が吹っ飛んで、愛らしい顔も、健康的な裸身も、のぼせきって真っ赤。

「ぃひぃいいっ……ひ、ぃうっ……ぁおぉおっくぁおぉおおお……ふぁあああ――っ！」

吐き出されるよがり声も、断末魔さながらとなっていた――。


……………。


――さて。

最初に話を聞いて予想した通り、秘薬の調合は、一番詳しいアイシャがやることとなった。

疲れは大きかったが、冒険者は元より体力勝負だ。

失神状態から目覚めた彼女は、無理を押して、魔女の部屋へと忍び込んだ。

とはいえ、ムギが精液と愛液を瓶に集めておいてくれなかったら、どちらも乾いて使い物にならなくなっていただろう。

（その時は、また一からやり直しでしたよ……っ）

それでは身が持たない。想像すると、ちょっとドキドキしてしまうけど――。

（いやっ！　気のせい、気のせいですからっ！）

もはや無駄と自分でも分かる言い訳を重ねつつ、素材を調合していった。

最後に一時間半ほど煮詰めて、秘薬の完成だ。

アイシャはメイドのふりをしながら、大部屋に戻る。

「…………ぁ。おかえりなさい、アイシャちゃん……」

出迎えてくれたマリナは、まだ微笑みが弱々しい。

その隣で、ムギは元通りの冷静さを取り戻していた。

「いかがでしたか、アイシャさん」

メイド服をしっかり着こなし、物腰も丁重で、とてもさっきまで淫語を連発していたとは思えない。

その切り替えぶりに感心しつつ、アイシャは薬の瓶を掲げてみせた。

「上手くやれたと思います」

「では……これを使ってください」

と、ムギが取り出したのは古い吸い飲みだ。

アイシャはそちらへ薬を移し、こぼさないように、咽させないように、老婆へ少しずつ飲ませていった。

すると、さすがは魔術的な薬というべきか。

みるみる老婆の呼吸が落ち着いて、さらに十分ほど待つと、薄く目まで開かれたのだ。

「ん……む……」

「……お婆さん、大丈夫？　私が分かる？」

マリナも恩人の回復を見て、少し声に張りが戻る。

顔を覗き込む彼女へ、老婆は笑みを見せた。

「ああ……まだ頭はちょいとはっきりせんが、それでもマリナのことなら分かるよ。……心配かけたのう」

口調は、魔女の肩書に似合わない、穏やかなものだった。

さらに彼女はムギへ顔を向けて、

「お若いメイドさんにも、迷惑を掛けたようじゃな」

「いえいえ、お気になさらないでください」

ムギが静かに微笑む。

そして、最後はアイシャだ。

「で、その子は……？　初めて会うかと思うが、どちらさんかの？」

途端にマリナが口を出した。

「アイシャちゃんっていうのよ。薬の材料集めを手伝ってくれて、調合もこの子がしてくれたの」

「ど、どうも、アイシャといいますっ」

いわば魔術知識の大先輩相手に、一番の功労者のような紹介をされて、アイシャは背筋を伸ばした。

その仕草がおかしかったか、老婆は小さく声を上げて笑う。

「かしこまらんでええわい。世話になったのはこちらじゃからな」

彼女は喋る間にもどんどん回復してきたようで、身体まで起こし、思案気に首を捻った。

「本当にありがとう。ぜひ礼をしたいところじゃが……さあ、どうしたもんか。この砦じゃ、わしが給料代わりにもらった金目のものも、大して役に立たんじゃろうて」

だが、そっちへ話を振ってもらえると、アイシャも相談を持ち掛けやすい。

「あたし、譲ってほしいものがあるんです」

すでに何度か話したことを、またも繰り返し、さらに地下水脈を脱出路にしたいことも伝えた。

一通り聞いた魔女は、探るように尋ねてくる。

「で、お前さん……砦を出たら、ルゴームの悪行の証拠を、冒険者ギルドへ提出するんじゃな？」

それを望んでないことは、口調で分かった。

しかし、すぐバレる嘘を吐いても、意味がない。

「……そのつもりです」

アイシャの正直な返事に、老婆は嘆息の後、小さく呟いた。

「……そうでもしなければ、もうあの子は止まらんじゃろうな……」

「え？」

「何でもない。すまんが聞き流してくれ」

ひょっとしたら、彼女とルゴームの間には、師弟関係や血縁といった、予想以上に特別な接点があるのかもしれない。

とはいえ、老婆はすぐに感傷を振り払った顔で、アイシャへ告げた。

「水中呼吸の軟膏なら、病になったせいで渡しそびれたものが、ワシの部屋の棚に残っとる。命の恩人の頼みでは断れんし、持っていくがええ。ラベルは暗号にしてあるが――」

と、その読み取り方、軟膏の用法も、詳しく教えてくれる。

そして、最後に注意を言い添えた。

「軟膏は一回分しかないからな？　使ってしまったら、やり残したことがあっても、引き返すことはできんぞ？」

「そ、そうなんですね……」

つまり、脱出できるのは一人だけ、ということでもある。

アイシャは、ムギとマリナを見た。

すると、ムギは静かにかぶりを振って、

「私のことは気にしないでください。まだ、この砦に用がありますから」

マリナも強がるように笑う。

「真っ暗な地下の川を、一人で泳がなければいけないんでしょう？　私には怖くて無理よ。代わりにアイシャちゃん……この砦がどんな場所か、外の人達にしっかり伝えてね？」

「……はい！　必ずやり遂げます、マリナさんっ！」

アイシャは力いっぱい答えた。

同じ約束をセレスともしているし、もはや損得抜きで、みんなの信用に応えたい。

そして、ついに――。

脱出への道は、開かれた。

エピローグ

そこから先は急展開だった。

軟膏を全身に塗ったアイシャは、拷問部屋から洞窟へ下り、厳しくなっていた邪教徒の警戒もかいくぐって、地下水脈へ飛び込んだ。

伯爵と邪教の協力関係を示す契約書や、セレスのくれた紹介状は、蝋で防水加工を施した革袋に入れておいた。

水中の視界も、砦の生活フロアでちょろまかした魔術仕掛けの照明を、腰に括りつけることで確保した。

そうして泳ぎ切るまでにかかった時間は、約三十分だ。

後は息つく間もなく、抜け出た先の湖から離れ、ルゴーム伯爵の勢力圏外まで急ぎ――。

辿り着いた冒険者ギルドの支部へ、証拠と紹介状を提出したのを境に、事件はアイシャの手から離れたのだった。


後になって伝え聞いたところで、ルゴーム伯爵が処刑されたことは分かった。

もっと詳しい情報を教えてくれたのは、一か月ほど経って届いた二通の手紙だ。

一通目はセレスからのもの。

――お元気ですか、アイシャ。本当はもっと早く手紙を送るべきだったのですが、ごめんなさい。事後処理に追われて、遅くなってしまいました――

そんな几帳面な挨拶から始まり、一介の冒険者へ教えられる範囲の展開が、丁寧に書かれていた。

彼女にとって幸運だったのは、ルゴームが国王の生誕祭に出席するため、都まで出向いていたことだ。

主の戻りを待ってから拷問が始まる予定だったので、本格的な責め苦までは受けずに済んだらしい。

一方、油断していたルゴームは悲惨で、晩餐中に薬を盛られて弱ったところを、宮廷魔術師数人がかりで捕縛されたという。

全てを飲み込むような存在感の大魔術師としては、あまりに地味な末路だった。

砦の難攻不落ぶりも、彼の強大な魔力あってこそだから、近隣諸侯の連合軍に攻められると、敢え無く総崩れ。アイン、ツヴァイ、ドライといった小隊長達は、全員捕まった。

手紙の締めくくりは、次の通りだ。

――砦での色々な出来事を、私は今も夢に見てしまうの。でも、なるべく思い出さないようにしています。その……アイシャも忘れてくださいね？

いずれにしても、感謝の言葉は何度重ねようと足りません。近いうちに貴女を訪ねたいとも思っているのだけど、どうかしら。

予定がついたら、また手紙を送ります。どうかお元気で。

友情を籠めて　セレスティーヌ
――文面だとぼかされているが、どうやらセレスはアインに嬲られた後遺症で悩まされているらしい。多分、拷問と別に、あの後も身体を要求されたのだろう。

実はアイシャも、アブノーマルな快楽が身体へ刻まれている。

夜、一人で部屋にいると、しばしば秘裂や乳首が疼きだすのだ。そうなると堪えきれず、手がそちらへ伸びてしまう。

これまで一度もやったことがなかった自慰のコツも、すっかり掴んでしまった。

(ほんっと、忘れなきゃですよねっ！)

手紙の内容を振り返りつつ、アイシャは冒険者の酒場で、果物の搾り汁を入れた冷たい水を飲み干す。

もう一通は、解放されて故郷へ帰ったマリナからだ。

内容はセレスより個人的で、アイシャと関わった数名について、記されていた。

――ミラは芸人の一座に誘われて、旅へ出たわ。元から踊り子だったそうだし、やっと本業へ戻れたのね。

でも、ムギさんと魔女のお婆さんが心配なの。救援の人達が砦へ来てくれた時、二人とも姿を消していたのよ。私には、問題ないって置き手紙をくれたのだけれど……今頃、どうしているのかしら――

マリナは気遣っているが、アイシャとしては腑に落ちた。

魔女はルゴームに協力していた訳だし、あそこへ残っていたら、詮議を避けられなかっただろう。

きっとムギはその手引きで、共に去っていったのだ。

(……ムギさんってば、最後まで謎の人でした……)

一応、正体の推測ぐらいはできる。

ルゴームの能力を意識する誰かが、潜り込ませたスパイ――というのが、大本命。

彼を排除したいだけなら、セレスとも連携を取ったはずだし、あわよくば後ろ暗い同盟を狙っていたのだろう。

さらに妄想するなら、ムギは途中で望み薄と判断して、希少な魔女の知識の確保へ動いたと考えられる。

仮に彼女が諜報を生業としているなら、いつか別の依頼で鉢合わせするかもしれない。

(その時は敵味方になりませんように……っ)

多分、抜け目なさは向こうが上だろうし。

ともあれ、マリナは自身のことも書いていた。

――私ね、逆境に立ち向かうアイシャちゃんの強さを、見習おうと思う。砦での辛い体験にも負けたくない。だから頑張って、村一番の幸せ者になってみせるわ。いつかアイシャちゃんと再会できたら、お互いの幸せ自慢をできるようになっていたいな！

――マリナより

明らかに空元気も混じっているが、虐げられる中でも優しさを失わなかったマリナなら、実現できると思う。

（まあ……今後を考えなきゃいけないのは、あたしもですね……）

最近、身体の疼き以外で、一つ大きな悩みがあるのだ。

それは、周囲の評価が高くなり過ぎたこと。

今だって、テーブルで料理を待っている間に、周囲のざわつきが聞こえてくる。

――あれが例のシーフか――

――たった一人でルゴームを破滅させた――

――腕利きで有名な小隊長達も手玉に取って――

あることないこと言われた上、脇を通り過ぎるウェイトレスにまで、好奇の目を向けられてしまった。

(手柄を立てた結果が、落ち着いてご飯も食べられない環境って、一体どうなんでしょうね……!?)

そこで先日、ある計画を思いついた。

遊びに来たいと手紙で書いてきたセレスには申し訳ないが、ほとぼりが冷めるまで、噂と無縁の、遠い地域で依頼を受けるのだ。

一つ目の候補は、もう絞ってある。

レクタ砂漠に住む大魔術師ローウェンへ書簡を届ける人材を、ギルドが探しているという。

(途中で危険な遺跡を抜けなきゃいけませんが、やりがいはありそうですっ)

この食事が終わったら、アイシャはギルドの受付へ出向くつもりだ。

さあ、もうすぐ――。

新しい冒険が、始まる――!